ちくま文庫

東京の戦争

吉村 昭

目次

東京の戦争

挿画　大村一彦

空襲のこと［前］

私は、昭和二年五月一日に東京府北豊島郡日暮里町（現・東京都荒川区東日暮里）に生れた。年号が大正から昭和に改元されたのは前年の十二月二十五日であるので、私は昭和という時代そのものを生きたことになる。

生れついてから××事変と称する戦争がほとんど切れ目なくつづき、遂には「大東亜戦争」が勃発し、やがて敗戦という形で終結した。つまり、それまで戦争とともに生きてきたと言っていい。

数年前から、しきりに思うことがある。それは、東京というこの都会で「大東亜戦争」と称されたあの戦争に一個の人間として直接接したことが珍しい経験なのかも知れぬ、と思うようになったのである。

終戦時に私は十八歳で、広島市に原子爆弾が投下される直前に徴兵検査を受け、第一乙種合格と判定され、近々入隊の予定であった。いわば私は、軍隊に入るぎりぎりの年齢で、私より一歳以上年長の東京在住の男子は、将兵として東京をはなれていた。

また、小学生は、学童疎開で空襲にさらされる東京から地方に集団移動した。さらに空襲の激化にともなって家族単位で疎開する人も多かった。

そうした中で、地方に身を寄せる先もなかった私は、戦時中のみならず終戦後も東京からはなれることはなかった。戦後五十五年がたち、「大東亜戦争」はすでに歴史の襞の中に繰り込まれている。日本人が過去に経験したことのない大戦争下の首都で日々をすごした人間は限られていて、その庶民生活を書き残すのも、一つの意味があるのではないか。そうしたことから、十八歳の夏までに眼に映じた東京での生活を、この機会に書いてみようと思い立った。

東京での戦争は、開戦から五カ月後の昭和十七年四月十八日の東京初空襲からはじまった、と言っていい。中学三年生に進級したばかりであった。

その日は土曜日で、学校から早目に帰った私は、屋根の上につくられた物干台で武者絵の六角凧を揚げていた。晴天であった。

東の方角から爆音がきこえてきて、見ると迷彩をほどこした見なれぬ双発機が近づいてきていた。驚くほどの超低空（公式記録によると高度数百メートル）で、私は凧がからみはしないかとあわてて糸を手繰った。

両端垂直尾翼の機は、凧の上を通過した。胴体に星のマークがつき、機首と胴体に機銃が突き出ている。風防の中にオレンジ色の絹のようなマフラーを首に巻いた二人の飛行士が見えた。

機は、少し右に機体をかたむけて谷中墓地の方へ遠ざかっていった。

ハワイ奇襲以来、日本軍は優勢に戦いを進め、連戦連勝が報じられていたので、私はそれが敵である米軍機などとは思いもしなかった。中国の国旗に星のマークが記されていたので、捕獲した中国機をデモンストレーションで飛ばせているのか、と思ったりした。

空襲警報が鳴りひびいたのは少したってからで、兄が腹立たしげな表情をして家にもどってきた。兄は谷中墓地近くを自転車で通行中、胴体に星のマークのついた米軍機を目撃し、近くの交番に走り込んで、その旨を告げた。

警官は激怒し、

「流言蜚語を飛ばすな。ブタ箱に投げ込むぞ」

と、兄の胸倉をつかんだ。

そのうちに空襲警報が鳴り、事実であることを知った警官は、ようやく兄を解放したという。

私と兄が目撃したのは、東京初空襲で飛来したアメリカ陸軍機ノースアメリカンB25であった。

その折、私は、奇妙な感慨をいだいた。アメリカからはるばる太平洋を越えて敵機がやってきた。戦争というものは、ずいぶん手間がかかるものだ、と。

この東京初空襲については、後日譚がある。

終戦後二十年ほどたった頃、講演の依頼があって岩手県下に行った折、盛岡市に近い岩手町（沼宮内《ぬまくない》町を改称）に太平洋戦争の捕虜第一号になった元海軍一等水兵がいるという話を耳にした。第一号は、開戦時の真珠湾攻撃で湾内に侵入して沈没した五隻の特殊潜航艇の艇員十人のうち、ただ一人波打ち際に失心して漂着し捕われた酒巻和男少尉である。

もっぱら戦史小説を書いていた私は、その話に興味をいだき、すぐに岩手町におもむいて元一等水兵の中村末吉氏に会った。驚いたことに氏は、太平洋上に放たれた海軍の監視艇の艇員の一人で東京初空襲をおこなったドウリットル爆撃隊を太平洋上から発艦させたアメリカ機動部隊を発見、日本海軍にそれを緊急打電し、アメリカ側に捕虜になった人であった。

開戦後、日本海軍は、アメリカ艦隊が本土に接近することを想定し、本土から七三〇マイルへだたった太平洋上に哨戒線をもうけ、七十五隻におよぶ一〇〇トン内外の監視艇を配置し、互いに南へ北へと往復行動を反復させていた。

東京初空襲のあった四月十八日の午前六時三十分、監視艇の一隻である「第二十三日東丸」（九〇トン）から大本営海軍部に、

「敵飛行艇三機見ユ」

「敵飛行機二機見ユ」

ついで二十分後には、

「敵航空母艦見ユ」

「敵駆逐艦見ユ」

の緊急電が発信され、午前七時二分に、

「敵大部隊見ユ」

の発信を最後に、同艇からの発信は絶えた。

むろんその発信は、アメリカ艦隊の知るところとなり、たちまち同艇は撃沈され、艇員は全員戦死したのである。

中村氏は、信号長として監視艇「長渡丸」（一〇〇トン）に乗っていて、「日東丸」の敵発見の暗号電文を傍受し、見張台に立って双眼鏡を海上にむけていた。

「北の方向でしたが、なにか細い針のようなものがかすかに見えましてね。さらに眼をこらして見ておりますと、その近くにもう一本細いものがゆらいで見えました」

氏は、ただちに艇長に敵艦隊らしきマストを発見、と報告したという。

「長渡丸」は、水平線上にかすかにみえる針状のものに突き進んだ。氏の口からもれる、徐々に双眼鏡の中に浮び上ってくる情景は印象深いものだった。

艦の輪郭が次第に鮮明になり、やがて二隻の巨大な空母が巡洋艦と駆逐艦を従えて進んでいるのがはっきりととらえられた。

「私は艇長に、空母二、巡洋艦三、駆逐艦四見ユ、と報告しました」

それによって「長渡丸」から大本営海軍部に、

「敵航空母艦二隻　巡洋艦三隻　駆逐艦四隻見ユ　ワレ任務を完ウシ　乗員ミナ元

気コレヨリ敵ニ突ッ込ム　テンノウヘイカ　バンザイ」

という暗号電文を打電した。

その直後、艇長の命令で機関部員を除く全員が甲板上に集合し、天皇陛下万歳を三唱、別れの茶碗酒を飲み、国歌、「海ゆかば」を歌った。

それより重要書類を五〇キロの鉛片とともに海中に投じ、「長渡丸」は敵空母に体当りするためエンジンを全開して突き進んだ。

空母から艦上攻撃機二機が発進して爆撃と銃撃を加え、それによって多くの艇員が戦死し、艇も沈没した。

生き残った中村氏をふくむ四名の艇員は、空母にむかって泳ぎはじめた。

なぜですか、という私の問いに、

「スクリューに巻き込まれようとしたのです。体はたちまち小刻みにされるでしょうが、それによってわずかでもスクリューに故障を生じさせられるのではないか、と思ったのです」

話す氏の眼は異様に光り、私はそこに旧海軍の水兵の眼を見た。

艦から大型ボートがおろされて近づき、敵兵のオールが氏の頭部にたたきつけられた。氏は失神した。

アメリカ海軍の計画では、空母二隻をふくむ艦隊をさらに日本本土に接近させようとしていたが、「日東丸」についで「長渡丸」に発見されたことにより、予定を変更して、その位置からノースアメリカンB25十六機を発進させたのである。

その後、中村氏は捕虜第二号としてアメリカ本国に送られ、捕虜収容所を転々とする。終戦後、日本に送還されて帰郷した氏は、墓碑に太平洋院義芳全道義直居士という戒名が刻まれた自分の墓が建てられているのを眼にする。

私は、氏と何度か会い、東京にもお招きして回想を聴き、『背中の勲章』（新潮文庫）という小説を書いた。氏は金鵄勲章を授けられたいと水兵として働いたが、結果としては背中にPWと記された捕虜の衣服をつけさせられたことから、小説の題名を背中の勲章としたのである。

氏とはその後も文通を交わしていたが、三年ほど前電話をすると病臥している由であった。

私が東京初空襲の米軍機を見た時、氏は太平洋上にあり、氏を知ったことで、私はこの史実にさらに深く関与したということになる。

その後、戦局は悪化したが、空襲はなく、昭和十九年の末にサイパンを基地にした四発の大型爆撃機B29が、編隊を組んで昼間、来襲するようになった。

空はいわゆる飛行日和で青く澄み、西方の空から爆撃機編隊が姿を現わした。十機ほどずつ幾何学模様の整然とした形を組み、それが数梯団の壮大な隊形で進んでくる。超高空を飛んでいて、機体が陽光を反射してきらめき、各機が白絹に似た飛行機雲を長々とひいていた。

初めの頃は、空襲警報発令と同時に粗末な防空壕に入っていたが、そのうちに大胆になって防空壕に入ることもせず空を見上げていることが多くなった。編隊の進行方向が自分の立っている位置から少しでもそれていれば、たとえ投弾しても自分には全く危険がないことを知ったのである。

高射砲弾は届かなかったと言われているが、それでも編隊の周囲には炸裂する閃光が白煙とともにひらめいていた。時には迎撃する日本の戦闘機が、小さい錫片のように編隊の前方から近づいてきて、あきらかに体当りする機もあった。垂直に落下してくる戦闘機に、悲痛な声をあげたりした。

Ｂ29の被弾した主翼から薄い黒煙が湧き、編隊からおくれはじめて遠ざかってゆく機もあった。私たちは、歓声をあげた。

二十年ほど前、当時少年の身で家族とともにサイパン島の日本人俘虜収容所に収容されていた人から、日本での空襲を終えてサイパン基地にもどってきたＢ29が、かなりの損傷を受けていたという話をきいた。基地にたどりついたものの、滑走路で大破した機もあれば、海上に墜落した機もあったという。

爆撃機編隊の攻撃目標は、もっぱら軍事施設、軍需工場であったが、私の住む町の上空は太平洋上への退避コースであったらしく、真上を通過することが多かった。あくまでも推測だが、重量を軽くするため残った爆弾が町にも投下された。

私は、防空壕の中で耳を手でふさぎ突っ伏していたが、爆弾が頭上にせまってくる音は、貨物列車が機関車を先頭に落下してくるのに似たすさまじい大轟音で、体が瞬時に飛散するような激しい恐怖におそわれた。爆弾が落ちると、体は大きくはずんだ。

その頃、妙な話が人々の間にひそかに流れた。金魚をおがむと爆弾で死ぬことはない、という。

私の家の庭にある三坪ほどの池には鯉とともに金魚が飼われていたが、見知らぬ高齢の女性が来て、金魚を分けて欲しい、と何度も頭をさげて頼む。母は、複雑な表情をしてそれに応じ、金魚をすくって女性の手にしたバケツに入れてやった。

それからこんな話もあった。B29の編隊が来襲する日には、或る家の主婦は必ず物干台に白い衣類を多く出して干す。そして爆撃機が近づくと、上空にむかって白い布を振る。

その女性はアメリカ側のスパイで、白いものを干し白布を振ることで爆撃機になにかの合図を送っているのだという。超高空の爆撃機からそんなものが見えるはずはないと思いはしたものの、なにか不気味な話であった。度重なる空襲で、人々は神経質になっていたのだ。

やがて空襲は、昼間から夜間に移行し、きらびやかなものになった。来襲するのはやはり好天の夜で、地上の燈火が全く絶えていたので空一面にひろがる星の光は驚くほど冴え、月光も鮮やかだった。

編隊は、地上から放たれる幾筋もの太い探照燈の光芒に捕捉されて姿を現わす。周囲に高射砲弾の炸裂する閃光が点滅し、機群が深海魚の群泳するように動いてゆく。

夜間戦闘機が迎撃し、B29から炎がふき出し、ちぎれた片方の主翼が回転しながら落ちてくる。炎につつまれた胴体が錐もみ状態で落下していった。

空襲は夜間にかぎられるようになり、私は学生服を着、ズボンの上からゲートルを巻いてふとんに入る。ひどく寝苦しくようやく眠りに入ると空襲警報が鳴ってとび起き、戸外に出る。寒気に身をふるわせながら、満天の星空を進んでくる爆撃機編隊を見上げていた。

夜間空襲は、焼夷弾により都市を焼きはらうことを唯一の目的としていた。

昭和二十年三月十日の夜間空襲は、きわめて大規模なものであった。記録によると、二百九十八機のB29が飛来し、下町方面に千七百八十三トンの焼夷弾を投下、それによって十八万二千六十六軒の民家が焼失し、七万二千名が死亡したとある。

私の住む荒川区の半分も焼失したが、その方面に数機のB29が低空で飛ぶのが見え、鬼灯提灯《ほおずきぢようちん》のような無数の朱色の火の玉がゆっくりと降下してゆく。それが地上に達しかけた頃、闇に沈んでいた地域が明るくなり、火炎が一面に立ちのぼった。

鬼灯提灯のようなものは、照明弾に類したものであったのか。妖しい色光であった。

その夜の空襲で下町が大被害をこうむったことが伝わってきたが、数日後、隅田川にかかる尾竹橋の上からみた川面の情景にその実情の一端を見た。

自転車に乗って橋に近づいた私は、橋の上に三、四人の男が欄干から身を乗り出して川を見下しているのを見た。私は近寄り、自転車をとめてかれらにならった。
二、三十体の死体が、まるで大きな筏《いかだ》のように寄りかたまって浮んでいた。大空襲で焼きはらわれた地域は下流方向で、その空襲で火に追われて川に身を入れ、死んだ人たちであることはあきらかだった。潮が満ち、死体は附着力の作用で体を密着させ、上流に漂い流れてきたのだ。
衣類に焼け焦げの跡は全くなく、私はそれらが窒息死したものであるのを知った。壮大な燃焼作用で酸素が無に近くなり、川に身を入れた人々は窒息し、そのまま川に漂い出たのだろう。

短い白髪の裸足の老人、赤子を背負った中年の女、手さげ金庫を背にくくりつけた男、突っ伏した姿勢で浮ぶ若い女。

それらを見下す私の眼はうつろであった。それまで私は、焼土と化した地で多くの死体を見てきた。路上にただ一体横たわっている炭化した焼死体。風で吹き寄せられたように一カ所に寄りかたまっていた黒い死体の群れ。それらを見てきた私には、死に対する感覚が失われていたのか、橋の下に浮ぶ遺体の群れにほとんど感慨らしいものは胸に浮んでいなかった。

私は再び自転車に乗り、橋からはなれていった。

遠く近くの町々が焼土になるにつれて、私の胸には奇妙な願いがきざし、それは抑えがたいほどの強さとなった。その願いとは、一日も早く家が空襲で焼けて欲しいというものだった。

私は空襲にさらされた町から逃げ出し、他の地へ移りたかった。が、自分の住む家屋というものが私をかたくしばりつけ、それから解放されるのは家が焼けてくれる以外になかった。

やがて私の願いはかなえられ、四月十三日の夜、町に大量の焼夷弾がばらまかれた。米軍側資料によると、来襲したのは三百三十機である。

裏の家から炎が噴き出し、私は避難する人とともにすぐ近くの谷中墓地に身を避けた。朱色に染った空を超低空のB29が頭上を過ぎた。軽金属の機体は、炎の色を反映して玉虫色に彩られ、巨大な魚のようにみえた。

爆撃機編隊が去り、私は墓地のはずれに立った。

壮絶な情景が眼の前にひろがっていた。視野一杯に炎が空高く噴き上げ、しかも逆巻いている。空には火の粉が喚声をあげるように舞い上り乱れ合っている。得体の知れぬ轟音が私の体を包み込み、大津波が私にむかって押し寄せてくるような感じであった。

私の生れ育った町は、その夜、永遠に消滅した。

空襲のこと［後］

町は焼きはらわれ、一夜で全くの平坦地になっていた。

私は、人々とともに高台の谷中墓地から町におりていった。家屋の密集していた町が、灰におおわれた火山跡のようになっていた。

初めに眼にしたのは、牛の死体であった。

日暮里の駅前から根岸方向に五〇メートルほど進んだ道ぞいに、耕牧舎という牛乳精製所があった。二階建の白いペンキの塗られた洋風のしゃれた建物で、裏手に牧場まがいの敷地があり、多くの乳牛が飼われていた。戦争が苛烈になる前は、琺瑯の蓋のついた細身の牛乳瓶をのせた白い箱車が家並の間を縫い、牛乳を家々に配っていた。早朝、瓶のふれ合う音がきこえると、箱車が来たのを知った。

焼死していたのは耕牧舎の乳牛で、三頭であった。他の乳牛は耕牧舎の人の手で避難し、それらの牛は残されていたのだろう。

私の家は耕牧舎の裏手にあり、焼けたトタンなどのころがった道を進み、家のあった場所に行った。むろん家は完全に灰になっていて、庭に入ってみた。火熱がいかにすさまじいものであったかを、私は知った。残されていたのは庭石と池をふちどる石のみであった。

池には十尾ほどの真鯉が飼われていたが、むろん水は蒸発していてコンクリート張りの池の底が露出し、しかもおびただしい亀裂が走っていた。鯉の骨ぐらいは残っているだろうと思ったが、見当たらず、骨も気化したのを知った。

数羽の鶏を飼っていたが、その一羽が丸焦げになって、白く乾ききった庭土の上にころがっていた。

前夜以来、食物を口にしていなかった私は、恰好の食物と思い、足をつかんで腿肉をはずした。燃料にしていたコークスの火が残っていたので、その上にのせて焼き、口にしてみた。

空腹であったのに、到底食べられるものではなかった。水分が全くなく藁をかむような感じで、投げ捨てた。

町の人たちは、それぞれの家のあった場所に足をふみ入れて残焼物をあさっていた。鳶口やシャベルで掘り起している人もいて、広大な干潟で潮干狩りをしている人の群れのようにみえた。

私もそれにならってなにか使用できる物はないかと探ってみたが、無駄であった。茶碗や皿は原型を保っていたが、高熱にさらされていたのでもろく、手にしただけで割れるものが多かった。薬缶、鍋などはつぶれたり歪んだりしていた。

焼跡の中で突き立っているのは、土蔵と金庫だけであった。

土蔵の一つから、かすかに淡い煙がもれていた。

それに眼をむけた父は、

「あれは駄目だ。中に火が入っている」

と、言った。

煙の量は少しずつ増し、やがて一瞬、土蔵は炎につつまれた。私は、父の予測通りだと思い、それが関東大震災に遭遇した父の体験から得たものだということを知っていた。

私は、夜間空襲が激化した頃、持出し荷物をととのえた。写真類、書籍、衣類などをリュックサックに詰め、町に焼夷弾が投下された時には、それを背にして逃げようと思っていた。

それを眼にした父は、きびしい口調で、
「なにも持たず、手ぶらで逃げるのだ」
と、言った。手にした荷物は可燃物で、関東大震災の折には避難する人々の携行する物に火がつき、被害が甚大になったという。その言葉には重みがあり、避難する時、私は手ぶらであった。

これも父の助言だが、写真類、書籍等は石油の空缶に入れ、庭に穴を掘って埋めた。わずか五〇センチほど土をかぶせただけであったが、それらはすべて無事であった。

家にあった金庫は、瓦礫の中に傾いていた。

父は、少くとも一週間は扉をあけてはいけない、と、これも関東大震災の経験から言った。金庫の内部は火熱で熱し、外気が入るとたちまち発火する。放置して内部の熱がさめるのを待つのだ、と。

それにしたがって十日ほどたってから扉をあけると、内部はすべて入れた時のままであった。

焼け出された私は、父や弟とともに隅田川と荒川を越えた足立区の梅田町に移り住んだ。そこには、長兄が父から管理を託されていた綿糸紡績工場があって、戦争で棉花の輸入が杜絶したため休業状態になっていた。その工場を次兄がひきついで軽金属の製品をつくって陸軍に納入していて、私たちは工場に附属した家に腰を落着けたのである。その地は、田畠や池沼もある半田園地帯で、私は念願かなって生れ育った日暮里の町からはなれられたことに深い安堵を感じた。

夜、空襲警報が鳴って起き、外に出てみたが、探照燈の光芒とともに移動してゆく爆撃機編隊の姿は遠く、危険は全く感じなかった。

私は、寝巻を着て寝るようになり、警報で眼をさますと、ゆっくりと身仕度をして外に出る。地獄から天国に来たような思いであった。

しかし、或る夜、私は死の恐怖を味わった。

例のごとく遠くの夜空をB29の編隊が進んでいたが、一機が火を発し、編隊からおくれて右に旋回しながら下降しはじめた。私の周囲には工場の人たちがいて、私は炎につつまれて弧をえがきながら落ちてゆく機を見つめた。

しかし、その進む方向を眼にした私は狼狽した。地上近くまで落ちてきた機が、こちらに機首をむけ急接近してくる。しかも、機は地上に今にも接触するように真正面から近づいてきた。

私は、人々とともに道に伏せた。轟音と炎の驚くほどの明るさが体をつつみこみ、激しい突風が巻き上り、しかもそれは熱く、背の上を過ぎた。その直後、すさまじい爆発音とともに眼を閉じた瞼の裏が赤くなった。

私は、死をまぬがれたのを知り、身を起して立ちあがった。路上に立つ男たちの顔は蒼白で、私も同じ表情をしていたにちがいなかった。

機は至近距離に落ちたと思っていたが、五〇〇メートル以上もはなれた畠に墜落し、さかんに炎をあげていた。男たちは、もうだめだと思ったという言葉を、ふるえをおびた声でしきりに繰返していた。

夜が明けると、思いがけぬ話が伝わってきた。その墜落機から飛行士がパラシュートで降下し、捕えられたという。

三人の飛行士は、東武線西新井駅の電車車庫にひそんでいたのを発見された。また、一人はドブ川に落ち、半身が泥に埋って身動きできず、付近の住民がしきりに投石した。そのうちに軍隊がやって来て血だらけの飛行士を曳き出したという。

私は見に行かなかったが、かれらは後手にしばられて小学校の校庭に並ばされ、遠巻きにかこむ人々の間から怒りと憎しみの声がさかんにあがり、やがて軍隊がかれらをトラックに乗せて去ったという。

それを見に行った近所の男は、

「みんな若造で、あんな奴に家を焼かれ殺されていたのかと思うと、腹が立って殴り殺してやりたかったよ」

と、眼をいからせて言っていた。

その地も決して安全ではなく、昼間、頭上を編隊が通過することもあった。

或る日、小川ぞいの耕地の中の道を歩いている時、前方の空を近づいてくる数機のB29を見た。その進路は、まことに危険であった。確実に私の方にむいていて、さらに地上から四五度ほどの角度に進んできた時、その中の一機から数個の陽光に光る爆弾が機体の下から放たれるのが見えた。それは、忍者が口にふくんだ針を放つようにみえ、空気を引き裂く鋭い音が急速に迫ってきた。

私は小川に飛び込み、半身を水につけて岸に顔を押しつけ眼を閉じた。為体《えたい》の知れぬ音が体を圧迫し、一瞬、無音になった直後、水がふりかかり体が大きくはずんだ。

道に這い上った私は、一〇〇メートルほど先の耕地に爆弾が落ちているのを見た。私は、その地からも逃げ出したかった。

昼間または夜間、B29が単機で高空を飛ぶこともあった。それは偵察機で、爆弾を投下することはなく、私はのんびりとそれをながめていた。

昼間、偵察機が去った後、多くの紙片が舞いおりてきた。

人々は拾い、私も拾った。

一見して、米軍の宣伝ビラであることがわかった。アメリカ大統領の写真がのっていて、大統領から日本国民に告ぐ、といったもので、日本の敗北は確定しているので降伏せよと言った文面であった。

日本の新聞、ラジオでは、大統領名をトルーマンとしていたが、そのビラにはツルーマンと記され、奇異であった。アメリカ側は日本の国内情勢を十分に把握していると思っていたが、ツルーマンという表現にそれほどのことはないのを知った。

それらのビラは、警防団が回収したが、その後、三、四回撒布されたビラを眼にした。

十円紙幣そっくりのものもあって、裏面には戦前にその金額で買えた食料その他が現在では高騰していて買えなくなっているなどと記されていた。絵が印刷されているものもあったが、ポンチ絵のようで、文章も一時代前の拙劣な文章であった。戦意を失わせることをねらったビラであったが、効果はほとんどなかったのではないだろうか。

空襲は、家庭の秩序を乱したものでもあった。

日暮里の町に焼夷弾がばらまかれた夜、避難するため、駅の上にかかった跨線橋を谷中墓地にむかって歩いている時、後方に寝巻姿の老女が這ってきているのを眼にした。

私は引返し、老女のかたわらに膝を突いてかかえあげようとすると、老女は、

「残されまして、残されまして……」

と、繰返し言った。

一見してその女性は体が衰弱し、床に臥していたにちがいなかった。残されましてというのは、家族に置き去りにされたことをしめしていた。品のいい老女で、うらみがましい表情はなく、おだやかな眼であった。老女は家族が去った家から這い出て、跨線橋まで逃げのびてきたのだろう。

「どうしました」

防空帽をかぶった二人の男が近づいてきた。墓地に近い町の警防団員であることはあきらかだった。

男たちは、私がなにも言わぬのに事情を察したらしく、老女を抱えあげて墓地の方に歩き、私もついていった。

墓地に入った老女が、

「あそこにいます。あそこです」

と、はずんだ声で言った。

太い樹木の下に、十五、六歳の厚いセーターを着た少年をふくむ数人の男女が立って、こちらを見つめていた。私は、それが老女の家族であるのを感じるとともに、その少年が小学生時代の下級生であるのに気づいた。

抱きかかえられた老女が、その家族に近づいてゆくのを私は眼にして背をむけ、墓地の桜並木の方へ歩いていった。見てはならぬものを見たような思いで、私はひどく悲しかった。

電車、列車のこと

家が町とともに夜間空襲で焼けた日の夜明け、私は不思議なものを眼にした。避難していた谷中墓地から日暮里駅の上にかかっていた跨線橋を、町の方へ渡りはじめた時、下方に物音がして、私は足をとめ見下ろした。

人気の全くない駅のホームに、思いがけなく山手線の電車が入っていて、ゆるやかに動きはじめていた。物音は、発車する電車の車輪の音であった。

町には一面に轟々と音を立てて火炎が空高く噴き上げているのに、電車がホームに入りひっそりと発車してゆくのが奇異に思えた。電車は車庫に入っていたが、鉄道関係者は沿線の町々が空襲にさらされているのを承知の上でおそらく定時に運転開始を指示し、運転手もそれにしたがって電車を車庫から出して走らせているのだろう。日本の鉄道は発着時刻の正確さ等、世界随一だと言われていたが、その電車を眼にして鉄道員の規則を忠実に守る姿を見る思いだった。

私は、速度を徐々にあげて鶯谷駅方向へ遠ざかってゆく電車をながめていた。

その頃から終戦後までの電車の状態は、悲惨であった。車輛の多くが空襲で焼失したのだろう。本数が少く、そこに乗客が殺到するので内部は息もつけぬような鮨づめ状態であった。それでもつづいて人が強引に入り込んでくるので、圧力で窓ガラスがほとんど割れ、ガラスの代りに板がはりつけられていた。

終戦時までは、一応社会秩序は維持されていたが、敗戦を迎えると同時にたちまち乱れ、それは電車の内部にもみられた。

車内にさがっていた吊り環が、いつの間にかほとんど眼にできなくなった。いつ、だれがそのようなことをするのか、刃物で切り落とされていた。

吊り環の行方は、すぐに知れた。婦人が手さげ袋をさげて路上を歩いているが、布袋の上に車内に吊るされていた白い環が二個ついている。

その吊り環つきの手さげ袋は、闇市で戸板の上に並べられて売られていたが、電車の吊り環とは知りながらその白さと形状がしっくりとしていて、なんとなくしゃれたものに見えた。

また、座席に貼られた緑色のシートも鋭利な刃物で切ってはがされていて、シートのない車輛がほとんどであった。

終戦後、浮浪児と称された戦災で家や家族を失った少年などがさかんに靴みがきをして日銭をかせぎ、道を歩く人を呼びとめて靴をみがいていた。進駐してきた米兵が、木の台の上に大きな軍靴をのせ、みがかせている姿をよくみた。

靴みがきをする者は細長い緑色の布の両端をつかんでそれを左右に動かして靴をみがいていたが、その布は見なれた電車の座席に貼られていたシートであった。シートは、なんでつくられていたのか表面が少し毛ばだっていて、靴をみがくのにはこれ以上のものはないというほど適していた。しかも、座席に貼られていたものだけに丈夫で、長期間の使用にも耐えられる。

そのシートも靴みがきに適した長さに切られて闇市で売られていて、兄が買ってきたものを使ってみたが、靴が艶をおび、得がたい家庭用品に思えた。知恵のはたらく人がいるものだ、と感心した。

電車の混み方は甚しかったが、さらに激しかったのは列車であった。

終戦後、秋田の横手駅から支線に乗りかえて大森という農村に米の買い出しに行ったが、その折りの車内の混み方は今でも胸にやきついている。上野を夕方に発車した列車が横手駅についたのは翌朝だったから、十二時間以上はかかっている。

まず上野駅を列車が出る時の様子だが、ホームには乗客が線路にこぼれ落ちるほど満ちあふれていて、客車の前後部にある入口から入れぬ男や女たちは窓から車内に入り込む。

私は、人の体に押され押されて入口から入ることができたが、人の圧力で洗面所に押し込まれた。あのせまい空間に何人が入っていたのだろう、全く身動きができず、洗面台の上にも二人の男が立っていた。

列車が発車し、のろのろと走る。夜がふけると、私の膝が時折り前に勢いよく折れる。後ろに体を密着させている男が立ったまま眠っていて膝が折れ、それが私の足にも伝って折れるのである。

洗面所の入口近くにいた私は、車内の様子を眼にできた。むろん通路は人が隙間なく立ち、さらに向い合った座席と座席の間にも人の体が押し込まれている。それらの人たちの上に高々とみえる男たちが至る所にいた。それは座席の背の上に立っている男たちで、網棚の横木をつかんでいる。網棚に背を丸めて横坐りに坐っている男もいた。

まことに奇怪な情景だが、その時の私は、超満員の車内で別に不思議なことには思えなかった。

夜が明け、私は人の体を力一杯押しのけて横手駅のホームに降り立った。蒸気機関車の煙突から吐かれる煙で煤だらけになった私は、ホームの手洗所で顔を洗ったが、息もつけなかった車内からぬけ出られた爽快さは今でも忘れられない。

或るノンフィクションライターが、戦争末期に東京から地方に犯罪者を護送する場面で、人々は空襲におびえて列車に乗る者などなく車内は空いていた、と書いていた。想像で書いたのだろうが、実情は全く逆であった。

終戦の前年の四月には、鉄道による輸送は兵員や軍需物資のそれにあてられていて、特急、寝台車などは廃止され、一般の旅行も極端な制限を受けていた。軍関係者や軍需工場の社員の出張と疎開のための旅行が優先されていて、かれらはそれをしめす旅行証明書によって乗車券を手にすることができた。

一般の者への乗車券は、各駅ごとにその数がかぎられていて、前夜から長い列ができ、朝になって売り出されたものを買った。入手できぬ者が多かった。

空襲による列車の被害は大きく、無蓋の貨車にも人が乗っていた。

終戦の前年の夏、私は奥那須の旭温泉にいた。

勤労学徒として軍需工場で働いていた私は、作業中、突然高熱を発し、激しい胸部の痛みにおそわれ、胸をおさえて身をかがめるようにして家にもどった。医師の診療を仰いだが、診断は肺浸潤であった。二年半前に肺結核の初期である肋膜炎で二カ月間中学校を休学した私は、さらに一歩進んだ肺結核の再発に見舞われたのである。

結核にはこれと言った治療法はなく、清らかな空気の地で静養する以外にないとされ、私は那須温泉からさらに山奥に入った旭温泉におもむいたのである。宿について三日目の午後、山まわりの初老の郵便配達夫が宿に来て、私に電報を渡してくれた。そこには「ハハシス　スグカヘレ　チチ」と青い文字で記されていた。

母は、二年前に子宮癌となり、癌研究所附属病院でラジウム放射療法を受けた後、家で病臥していた。病状は悪化し、激しい痛みにおそわれ、モルヒネ注射を打っていた。

前日は豪雨で山まわりの配達はなく、ようやく天候が回復したので配達夫が山にのぼってきたのである。

私は、早速身仕度をととのえ、宿をはなれて山路をくだった。濃い霧が立ちこめていた。

那須温泉の湯本の坂の下方から出ている木炭バスに乗り、東北本線の黒磯駅についた。すでに日は没していた。

駅の切符売場の前には長い人の列が出来ていて、坐っている人も多かった。翌朝売り出される乗車券を入手しようとしている人たちであった。

私は、列の後尾についたが、電報が発信されたのが二日前であるのが気になった。死に目に会えなかったとは言え、一刻も早く家に帰りたかった。乗車券を入手して列車に乗れるのは明朝で、しかも制限枚数があって買える確率はきわめて少い。

十七歳であった私は長い間思いまどい、勇を鼓して列をはなれ、駅の事務室のガラス戸をあけた。

電灯のともった部屋の奥の机の前に、駅長の帽子をかぶった長身の人が、立って駅員と話をしていた。

私はひるむ気持をふるい立たせて近づき、駅員と打合せを終えた駅長の前に立ち、

「母が死にました。家に帰りたいのです」

とふるえをおびた声で言って、電報を差し出した。

それを手にした駅長は、電報を見つめ、私に視線をむけた。全くの無表情で、私はにべもなく断られると思ったが、駅長は駅員を呼び、

「上野駅まで一枚、この中学生に渡してやってくれ」

と、言った。

駅員が乗車券を出してきて私に渡し、私は代金を支払って駅長に無言で頭を深くさげた。駅長は黙っていた。

事務室から直接ホームに出た私は、ハハシスの電報が旅行証明書と同じ、いやそれ以上の効果があるのを知った。私は、駅長の人情味のある好意に胸が熱くなり、涙ぐんだ。

やがてやってきた超満員の列車に乗り、上野駅についた私は、山手線で日暮里駅で降り、家の前に立った。すでに深夜になっていた。

玄関の戸をたたくと、寝巻姿の次兄が戸をあけてくれた。

私は、電報を手にするのがおくれた事情を口にし、うなずいていた兄は、昨夜が通夜で今日葬儀は終った、と言った。

病身の私を案じた兄は、

「気を落すなよ」

と言って、私を中へ引き入れた。

家の中には、父をはじめ親戚の者たちが雑魚寝のように寝ていて、私は、奥の座敷の位牌のおかれた台の前に坐って合掌した。

台所に行って口をすすぎ顔を洗った私には、不思議に悲しみは湧いてこなかった。むしろ長い間病臥していた母が死を迎えたことに、安堵に近いものを感じていた。

私は、父の足もとにあるふとんにもぐりこみ、眼を閉じた。

今でも乗車券を渡してくれた駅長の顔を、はっきりおぼえている。細面の黒いふちの眼鏡をかけた、四十年輩の人であった。

乗車券の枚数はきびしく制限されていて、即座にその場で渡してくれるようなことは、軍関係の重要な所用のある人以外になかったのではあるまいか。

駅長は、思いつめた表情で自分の前に立つ少年であった私に心が動き、乗車券をあたえてくれたのだろう。

その時からすでに五十六年、戦時下の遠い日の記憶だ。

石鹸、煙草

二十七年前、石油ショックの影響とかでトイレットペーパー騒ぎがあった。スーパーマーケットなどに長い列ができ、トイレットペーパーを争って買う殺気立った人の姿が、テレビで放映されていた。

私には、滑稽というより愚かしく思えた。戦時から終戦後までの、極度の物資不足のことを思い起したからである。

その頃は、なにからなにまで生活必需品は姿を消していた。たとえばヘアーピンではこんな記憶がある。

東京では、戦争が末期になると売る商品がなくなったので、商店はすべて閉ざされていたが、地方の小さな町に行った時、珍しく雑貨屋の入口の戸が開いているのを眼にした。のぞいてみると、商品らしい物はほとんどなかったが、棚にヘアーピンの入ったボール箱があるのに気づいた。

かなり前からあったらしく、ボール紙にはさんであるピンは錆ついていた。金属製の品物はなくなっていたので、それを箱ごと買って持ち帰った。

当時、兄が軍需品をつくる町工場を経営していて女子工員も働いていたので、それを工場に持ってゆくと、一つの騒ぎになった。集ってきた彼女たちは眼を輝やかせ、はずんだ声をあげて口々にヘアーピンを欲しいと言う。

私は彼女たちにそれを渡し、配分はまかせた。錆びたピンではあるが、それが彼女たちを興奮させたのだ。

現在では、物はあり余るほどあふれていて、その中でトイレットペーパーだけがなくなるはずがない。

なくなった理由は容易に想像できる。トイレットペーパーがない、という噂が流れ、それが異常に過熱してパニックになった。不安をおぼえた人たちが店に押しかけて買いあさり、中には四畳半の部屋一杯にそれを積みかさねた人もいたという。

当然のことながらそれをつくる工場の生産は、需要に追いつかない。つくるそばから売れるのだから、生産を大幅にふやせばよいではないかと思うが、そうはゆかない。そのためには設備を増設しなければならず、投資が必要となる。

工場の経営者は、その騒ぎが長年の経験で一過性のものだと見抜いている。増設したはいいが、騒ぎがしずまれば設備投資したことが負担になり、経営悪化を招くことを知っている。そのため設備投資はおこなわなかった。

トイレットペーパーが市場から姿を消したのは多量に買いあさった人がいたからで、市場にはなくてもそれらの人の家にあったのだ。

やがて騒ぎはやみ、人々は必要量のみを買い、店にはトイレットペーパーが豊富に並ぶようになった。買いあさった人は、今でもその折りに買ったものを使っているのではあるまいか。

戦争がはじまると、工業生産は兵器をはじめとした軍需品をつくることに集中し、生活必需品のそれは激減した。そのため配給制となったが、日を追うにつれて配給量もへり、中には無に近くなる物もあった。

戦前は、現在と同じような手や顔を洗う石鹼と、洗濯に使う石鹼の二種類があった。私の住んでいた町の隣り町に旭電化という会社があって、そこでは会社のイニシャルから名づけたアデカという商品名の洗濯石鹼をつくっていた。

長方形の石鹼で、それを庖丁で適当な長さに切って使う。洗濯用の平たく大きい盥に、表面がぎざぎざになった洗濯板をななめに入れ、その上に衣類をのせて石鹼をこすりつけ、ごしごしと洗う。美貌で名高かった女優の原節子さんが、どのようなもので顔を洗うのかと問われ、洗濯石鹸で洗うだけだと答えたとかで、話題になったこともあった。

配給用の石鹸は、洗濯石鹸と同じ長方形のものを適度な長さに切ってあって、ただし魚油でつくったらしく、魚の臭いがする粗悪なものだった。

そのうちにこの石鹸すら配給されることもなくなり、私などはかなり長い間石鹸を使わなかったような気がする。母は、米ぬかを小さな布袋に入れ、石鹸代りにそれで顔を洗ったりしていた。

石鹸については、一つの思い出がある。

終戦後になると、あやしげな石鹸が闇市場で売られるようになった。

現在、上野駅から御徒町駅までのガードぞいにアメヤ横丁と称される市場があってにぎわっているが、それは終戦後出現した闇市場であった。

終戦の年の暮れ近くに、私はその市場へ行った。なにか買おうというわけではなく、どんな物が売っているかを眼にするために足をむけるだけで、私と同じような買うこともしない人がうつろな眼をして歩き、かなりの混雑であった。

少し上野寄りの道の左端で、坊主刈りをした二十二、三歳の男が、戸板に長方形の石鹼を並べて売っていた。立ちどまる者はいたが、買う客はない。私もその前を通りすぎたが、突然、背後で怒声がし、振向いた。

兵隊服を着、戦闘帽をかぶった男が、激しい見幕で坊主刈りの男に荒い声を浴びせかけている。お前が安く石鹼を売っているので、おれたちの石鹼が売れない。おれの許可なくして売っているとは、ただではおかない。

そんな趣旨のことを言っているうちに、いきなり坊主刈りの男の頰を強く平手打ちし、それから乱打という表現通り殴りに殴った。

たちまちあたりに人が集った。

兵隊服の男は、

「またくる。それでも商売していたら半殺しにするぞ」

と、激しい口調で言い、肩をいからせて去っていった。

眼に涙をにじませた男は、しきりに口惜しがり、

「ええい、もう自棄《やけ》だ。半額にするから持って行ってくれ」

と、言った。

人々が男をかこみ、たちまちのうちに石鹼は売りつくされた。

私は歩き出し、御徒町駅近くまで行って上野駅方向に引返した。

意外な情景を私は見た。石鹼がなくなった戸板の前で坊主刈りの男と兵隊服の男が、売上げ金を分けている。二人は仲間で、殴る行為は、石鹼を売りさばくための芝居であったのだ。

恐らくその石鹼は、石鹼とは程遠い代物であったのだろう。石鹼など手にできぬ客の心理を巧みについた演技であった。

煙草も配給制で、記録をみてみると、昭和十九年十一月に男子一日六本であったのが、翌年八月一日からは三本になったとある。まさに貴重品で、愛煙家たちは、さぞ辛かったろうと思う。生産された煙草の大半は、軍関係に流れ、戦場にも送られていたのだろう。

煙草は専売制で、栽培されている煙草の葉は一枚一枚厳重に管理され、専売局に納入されていた。

それを横流しするときびしく処罰されるが、取締りの網をくぐってひそかに人の手から手に渡され、愛煙家は物々交換でそれを入手していた。

乾燥された茶色い煙草の葉を庖丁でこまかくきざみ、紙巻煙草と同じ大きさの紙にそれを包み込む。

だれが考えついたのか、紙は英語のコンサイス辞書のインディアンペーパーと言われた紙が使われるようになった。薄さ、質ともに紙巻煙草の紙と全く同じであった。

私も、使いこなしたコンサイス辞書を兄たちに提供したが、あらためて辞書というものの素晴しさを知った。紙は上質で、煙草の葉を包んでもいっこうに減らぬほどページ数が多い。しかも安価で、製本はしっかりしている。英語の単語が印刷されている紙が煙草に使われているのは、いかにもシャレていて、斬新なデザインにすら思えた。

これもだれが考えたのか、刻んだ葉を紙に巻き込む方法も秀逸だった。

初めは西部劇映画のカウボーイがするように、刻んだ葉を包んだ紙の端を舌でなめて紙をとざしていたが、そのうちに巧妙に紙巻煙草同様の包み方が一般化された。

十二、三センチほどの幅に切ったハトロン紙の端に細筆の軸を固着し、ハトロン紙の上に一方の端に糊をつけた辞書の紙を置き、その上に刻んだ葉をのせ、筆軸でハトロン紙を巻きこむと、辞書の紙に葉がくるまれ、紙巻煙草が出来上る。

その方法がさらに進歩して、またたく間に紙巻煙草になる器具まで登場した。これは終戦後のことで、閉鎖された飛行機工場から無用になって放出されたジュラルミンでつくられたものであった。二本の棒の間に張られた布の上に紙を置き、その上に刻んだ葉をのせて棒をまわすと、きれいな紙巻煙草になる。

だれがこのような器具を考案したのか、頭の良い人がいるものだ、と思った。

煙草を手もとまですおうとして、紙巻煙草に木綿針を突き刺してすったり、煙管に短かく切った紙巻煙草をはさんですったりしている人もいた。

終戦後には、捨てられた煙草の吸い殻をひろうモク拾いが駅あたりによくみられた。モクとは、むろん煙草のことである。

長い棒の先端に釘が突き出ていて、路上にモクをみると釘に刺して手もとに引き寄せ、布袋に入れる。日本人は短くなるまですうが、進駐していた米軍の将兵は長いものを捨てる。

モク拾いは、これらの捨てられた煙草を解体して葉を集め、それを煙草巻き器で紙巻煙草にする。それらは、ゴム輪で十本ずつ束ねて闇市で売られ、ことにラッキーストライク、キャメルなどの外国製タバコのすいさしでつくったものは、洋モクと書いた紙が添えられていて値段も高かった。

ライターはオイルが入手できないので使われず、煙草に火をつけるのはマッチであったが、マッチが難物だった。

戦前は、大型の箱に入ったマッチが台所での炊事用などに使われ、小型の携帯用マッチは煙草用に使われていたが、戦争がはじまってからは、大型マッチが一カ月に一個の割で配給されるようになった。

しかし、このマッチが次第に粗悪なものになった。箱の横側につけられた紙ヤスリ状のものでマッチをすっても、なかなか火がつかない。それに軸木も質が低下していて、すぐ折れる。どうにもこうにもならなかった。

それを補うために、短冊状に切った経木の一端に硫黄の液をぬりつけたものが出まわった。マッチは何本かに一本火がつくかどうかだが、発火すると経木の硫黄に火を移す。それで七輪やカマドの小枝に点火させ、炊事をするのである。

少年たちが遊び道具として持っていた虫メガネが、貴重な存在になった。よく晴れた日に虫メガネで太陽の光を集めると、強力な熱となる。

私などは、その光を紙にあてると黒くこげて煙が出るだけだが、器用な少年は手で巧みに風を送り、息もひそかに吹きかけて紙から炎をあげさせた。人には器用、不器用があって、そのような少年は、成人して逞しい大人として生きてゆくのだろう、と畏敬の念をいだいた。

土中の世界

度重なる空襲によって一面の焼野が原になった東京で、知恵をはたらかせて巧みに生きている人たちがいた。現在のような平和な時代にもこのような類いの人はいて、それらの人たちは他の人が思いつかぬようなことを考えて実行に移し、多額の金を得、次にはその智恵におぼれて貯えた金を一度に離散させてしまったりしているのだろう。

すべて焼きつくされた焼跡では、家々に引かれていた水道の鉛管の蛇口の部分が、文字通り鎌首をもたげた蛇のように突き立っていた。

その先端から水道の水が流れ出ているものもあって、歩いていた私は、渇きをおぼえて焼跡に足を踏み入れて鉛管から出る水を飲んだりした。食物は枯渇していたが、飲料水に事欠くことはなかったのである。

鉛管を飲み水を供給してくれる物と私は思っていたが、金を得る物と考えている人たちもいた。

それは男、しかも例外なく一人で、黙々と作業をしている。突き立った鉛管の部分の土をスコップで掘り起し、土中に埋れた鉛管を地上に引き出す。鉛管は果てしなくのびていて、それにしたがってかれは移動し、土中から鉛管を出す。

むろん違法の行為であり、盗みである。しかし、とがめる人はなく、近くの道を通る人もながめるだけで通りすぎる。

鉛管を掘り起した男は、それを金属類を扱う商人のもとに運んでいって、金に換えていたのだろう。金属類の絶えた中で、それはかなりの額で売れたにちがいない。そのようにして盗まれた鉛管の量は多く、終戦後、復興に手をつけた水道局はさぞかし困ったにちがいない。

日暮里町の生家が空襲で焼けて足立区に移り住んだが、その町に金庫の販売を業とする男がいた。体がひどく大きい五十年輩の男であった。

男は、時折り大八車に金庫をのせて家の前庭に運び込んでいた。

焼跡には、所々に金庫が残されていた。内部の物を取り出した空き金庫で、扉が開かれたまま傾いたりしている。男はそれを家に運ぶ。

金庫の持主は、いずれかに去っていて、諒解を得て運び出したはずはない。それらは残焼物で、遺棄された物に等しく、男の行為は盗みとも言いがたい。男は、家の前庭で焼け金庫の修復に専念する。しきりにヤスリをかけたり、時には小さな金槌でたたいたりして、やがて塗料を塗る。

驚いたことに金庫は面目を一新して新品同様になり、それを買う者がやってきて、大八車で運び去る。そんなことがつづいて、男は、かなり羽振りがいいようだった。どこから手に入れたのか、白米を炊いて食べたり、酒も飲んだりしているようだった。

男は、内妻だか本妻だかわからぬ地味な女と住んでいた。これまでも女の出入りがあり、焼き金庫の修復で豊かになると、どのような条件を出したのか女を追いはらい、代りに他の女が家に入った。

着物をでれっと着た濃い化粧をした三十七、八歳の女で、一般的な眼でみれば妖艶な美女とも言えた。男は満足そうに一心に焼き金庫の修復につとめ、女は部屋で寝そべったり坐って煙草をすったりしていた。

女が男のもとにいたのは一カ月ほどで、家の中の金をすべて手にして行方をくらませた。空襲が地方都市に目標を移した終戦前のことで、そんな時代にも平和な頃と少しも変らぬ色欲をめぐる生活があったのだ。

焼跡では、奇妙な作業をする男たちがいた。

当時の電柱は、太い樹木を適当の長さに切って乾燥させ、表面にコールタールを塗って土中深く埋めこんで立てられていた。

家が空襲で焼けた日の夜明け、私は避難した谷中墓地から駅の跨線橋をおりた。階段の下り口のかたわらにある電柱が半ばほど焼けていて、私は寒気をおぼえ、近づいて炎をあげている電柱に手をかざした。乾燥した電柱はよく燃えていた。

むろん焼跡の電柱はすべて焼きつくされ、焦げた頭部がわずかに土の表面にのぞいているだけであった。

その個所で、しきりに作業をしている男がいた。スコップを土に突き立て、土をすくって深い穴を掘る。穴の中央には土中に埋められた太い電柱がみえた。

作業は恐らく一日仕事だったのだろう。夕方、ロープを巻きつけ、地上に電柱を穴から引き出しているのを眼にした。これほど深く電柱の根元が埋められていたのか、と驚いた。太く長い柱だった。

焼野原になった地上の、木という木はすべて灰になっていて、それは、薪にするものが皆無になったことを意味していた。

そうした生活の中で、土中に埋れた電柱の根元に注目した男がいたのである。それを掘り出すのを眼にした他の男たちも、それにならって電柱掘りをはじめた。掘り出した柱は適当な長さに切って、割って薪にする。電柱に使っているくらいだから、木の質はきわめてよく、上質の薪になる。それらは物々交換に使ったり、かなりの金額で売られていた。

土中に埋められた電柱に初めに注目した男は、並の人間ではない。このような男は、いかなる悪条件の環境の中でも悠々と生きてゆくのだろう。私は、土中から電柱を引き出す男に呆気にとられると同時に、感心もした。

木というものが姿を消すと、それは思わぬことにも影響をあたえる。

私の父は、終戦の年の暮れに日暮里町に近い根津の日本医大附属病院で病死した。むろん車などなく、遺体を長いリヤカーにのせ、両側焼跡のひろがる深夜の道を足立区の家まで運んだ。欠けた月が出ていた。

葬儀社などなく、柩もない。そのため、江戸川河口の浦安町で木造船所を経営していた長兄が、船をつくる板を取り寄せてつくることになった。

遺体を家に運びこんだ翌日、工場長をしていた人が区役所に死亡届を出しに行ったが、吏員から思いがけぬ指示を受けた。火葬にするにしても、火葬場では遺体を焼く燃料が極度に不足していて、遺体を運び込んでも焼くことができず放置している状態で、順を追って焼いている。燃料を各自持参してもらわねば、すぐには焼けない、という。

木造船所には、材の切れ端などが多くあるので、それを火葬場に持ってゆくことになった。

ただちに長兄が手配し、舟に柩用の板と大量の木片をのせ、江戸川河口から家に近い西新井橋のたもとまで運び、そこからリヤカーにのせて家に運び込んだ。

家の近くに高齢の家具づくりの職人がいて、造船所から運んだ板で柩を作ってもらうことを依頼した。

老職人は、茶簞笥づくりを専門にしていて、柩をつくるのは初めてだと言いながらも、供養になることだから、と快く承諾してくれた。

私は、兄たちと座敷でのかれの作業を見守った。鋸、鉋の使い方で、その老人がきわめて腕のいい職人であるのを感じた。

釘は使わず、板と板がきっちりと組み合わされ、やがて鉋がきれいにかけられた見事な柩が出来上った。しかし、長年茶簞笥づくりをしてきた癖で、四隅が丸くけずられていて、優美ではあるものの奇妙な感じであった。

私たちは、楕円形に近い柩に薄いふとんを入れ、父の遺体を横たえた。

翌日、長いリヤカーに柩をのせ、もう一台のリヤカーには父の体を焼く木片を満載し、火葬場にむかった。

火葬場では、木片を建物の裏手に運び、窯の扉の中に柩が押し込まれた。

私は、細長く黒い煙突から紫色の煙が湧いているのをながめていた。

この日のことで火葬に関心をいだき、それについての話をきいた。

柩をつくる板が入手できず、遺体を蓆《むしろ》や簾《すだれ》でくるみ、火葬場に運ぶ。燃料は、土中に埋められた電柱が使われ、一家総出で電柱を掘り出し、薪にする。二本も掘れば、火葬場でも遺体を焼くことを諒承してくれたという。

私は、土中から引き出された電柱の太さと長さを思い出し、その話を納得した。

鉛管を掘り起すのは、まぎれもない盗みで、犯罪行為として処罰される。しかし、埋れた電柱を掘りあげるのは、犯罪とは言えない。焼けた電柱は、すでに再使用できるはずはなく、土中に埋れた根元の部分は無用の物で、それを掘りあげてくれることは、それを管理する役所にとって好都合だったにちがいない。それを意識していたのか、掘りあげる人には罪をおかしているような後暗さはなく、黙々と作業をしていた。

地上に食物になる物はなく、家庭菜園めいたものがあって芋類、野菜をつくっている人もいたが、それらは盗まれることが多く、菜園づくりをする人も絶えた。

或る夕方、葛西町を自転車で通った時、思いがけぬ物を眼にして自転車をとめた。何人かの人が、路上に立っていた。

その附近には蓮田が多く、農家の人が水のはられた田に入って蓮根掘りをしていた。土の中から果しなく蓮根が掘りあげられ、所々に積み上げられている。

薄暗い蓮田の中で、その白い蓮根が私には宝物のようにみえた。食料不足が長い間つづいて蓮根など口にしたことはなく、そのような上質の食物が多量に土中にひそんでいたことが信じられなかった。

私は、掘りあげられた電柱を思い起し、土中に電柱が埋れていたように蓮田にはおびただしい蓮根が入り組んで埋れているのを知った。

地表とは別の世界が地中にあるのだ、と妙なことを考えていた。

私は、白い骨のような蓮根の山を見つめながら、再びペダルをふんでその場をはなれた。

ひそかな楽しみ

戦争が激化するにつれて食料品をはじめ生活用品が欠乏し、まさに暗黒時代であったのに、旧制中学生であった私は、私なりのひそかな楽しみを見出していた。思い返してみると、不思議なことに妙に明るい気分で日を過していたような気さえする。

四年前、中学生時代の思い出を集めた同級生たちの文集が、有志によって編まれたが、友人たちの文章を読むと、私のように映画館、寄席、劇場に足しげく通っていた生徒はきわめて稀であったのを知った。東大出身の安村正哉先生という恩師をかこんだ同級生の座談会も収録されていて、戦時下の辛かった思い出が語られているが、

「君たちがそんな辛い思いをしていた頃、吉村はせっせと寄席通いをしていたんだな」

と、先生が笑いながら話したことも活字にされていた。

私は、教師に知られぬように細心の注意をはらって寄席通いをしていたつもりであったが、先生はそれに気づいていたらしい。思い返してみると、悠揚とした感じがしながら何事も見ぬいているような、一瞬鋭い眼をする先生であった。

その頃、中学生は、映画館に入るのは必ず保護者同伴であることとされ、一人で入るのは禁じられていた。滑稽としか言いようがないが、そのような所に出入りするのは非行化する恐れがあると考えられていたらしい。各中学校の教師の中から補導員と称する人が選ばれていて、映画館に入る生徒を眼にすると呼びとめて、氏名、学校等をたしかめ、学校に通報するという仕組みであった。

それは多分に形式だけのことであったようだが、私としては警戒しないわけにはゆかず、それなりの配慮をした。帰宅して制服、制帽をぬいで映画館にむかい、よく学校からの帰途、足をむけた上野の寄席「鈴本」へ行く時も、上野駅の一時預り所に制服、制帽、布製の肩からさげる鞄をあずけ、「鈴本」の木戸をくぐった。

当然のことながら私が入るのは昼席で、客の入りはさすがに少く、それも老人ばかりであった。

客席は畳敷きで、木製の箱枕が所々に置かれていて、それに頭をのせて横になっている人もいる。噺に興味がないわけでなく、横になったまますくすりと笑ったりしている。さすがに噺のうまい落語家が高座にあがると、体を起して聴いていた。

文楽、金馬、柳好、文治、柳橋や林家三平のお父さんの正蔵などが出ていた。正蔵は派手な着物を着ていて噺も華やかで、私はその個性が好きであった。志ん生、円生は見たこともなく、どこか他の地に行っていたのだろうか。

若い落語家が噺を終った後、両手をついて、

「召集令状を頂戴いたしまして、明日出征ということになりました。拙い芸で長い間御贔屓にあずかり、心より御礼申し上げます」

と、頭を深くさげた。

客席の老人たちが、

「体に気をつけてな」

「また、ここに戻ってこいよ」

と、声をかける。

落語家は何度も頭をさげ、腰をかがめて高座をおりていった。

その頃、母と都電に乗っていた時、髭をはやした初老の和服の男が近寄ってきた。

それは、連日つづき物の「乃木大将と辻占売り」という話を高座にかけていた講談師であった。

かれは私たちの前に立つと、

「毎度私の講談をおききいただき、ありがとうございます」

と、私に丁寧に頭をさげてはなれていった。

中学生である私に立派な和服姿の男が頭をさげたことに驚いた母は、「あの方は、どなた？」と、言った。寄席通いをかくしていた私は当惑したが、やむを得ず顔を赤らめて事情を説明した。

母は少しの間黙っていたが、「立派な芸人さんだね」と言っただけで、叱ることはしなかった。

歌舞伎、新派の芝居もよく観に行った。中学生が芝居を観るのはなぜか許されていて、制服、制帽で出掛けていった。中学生なので一般の客席に入るのははばかられ、いつも一幕見の席で観たが、それで十分満足だった。歌舞伎の六代目菊五郎、十五代目羽左衛門、新派の花柳章太郎、喜多村緑郎の芝居を観たことはまことに幸運であった。十七、八歳で芝居の良さ、役者の演技がわかるかと思われるかも知れないが、その観賞力は今と変りはないように思う。秀れた場面、陶然とするような役者の姿、所作は今でも胸に焼きついている。

半ば伝説化されている築地小劇場の新劇も観た。朴歯の下駄をはいて劇場に入ったことを妙に鮮明におぼえている。

文字通り小さな劇場で、客席の後部に設けられた臨官席と称された囲いの中には警察官が坐っていた。

岩下俊作原作の「富島松五郎伝」を劇化した創作劇で、松五郎に扮していたのは丸山定夫であった。かれは「故郷」などという夏川静江と共演していたＰＣＬ（東宝）の映画にも出ていて、その渋味のある演技に感嘆していたが、舞台で観るのは初めてであった。

クライマックスは、丸山が鉢巻をしめて大太鼓を打つシーンであった。太鼓の音が次第に高まり、それが乱打となって劇場の空気は激しく揺れ動いた。私は感動し、胸が熱くなるのをおぼえた。

劇場の外は燈火管制で暗く、私は静まり返った道を駅の方へ歩いていったが、下駄の音が甲高く鳴っていたのをおぼえている。

丸山定夫が地方巡業中、広島に投下された原子爆弾で死亡したのを知ったのは、終戦後であった。生きていたらどんな俳優になったか。年を重ねるにつれて凄味のある俳優になったにちがいない。奥底の知れぬ俳優であった。

私が最も足しげく通ったのは、浅草の六区であった。

私の住んでいた日暮里町から浅草へ行くバスが出ていたが、私はバス代が惜しく、もっぱら早足で歩いて浅草に行った。

六区には両側に映画館、軽演劇場がすき間なく並んでいて、しばしば足をむけたので記憶は残っていて、思い出すままに記してみる。

田原町方向、つまりすしや通りの方からたどってみると、まず六区の道の左側には洋画専門の日本館があり、よく入った。

それに隣接していたのは、たしか松竹演芸場。寄席とは言いながら二流どころの観があって、私は前を通りすぎるだけで木戸をくぐることはなかった。ついで帝国館、日活映画の封切館の富士館。三友館は封切られた後の映画を上映していたような記憶がある。

道をへだてて金龍館のつぎに常盤座《ときわ》があった。この劇場では（古川）ロッパの

「笑いの王国」や水の江滝子（ターキー）らの「劇団たんぽぽ」が軽演劇をかけ、人気を集めていた。ついで間口のせまい洋画専門館の東京倶楽部があり、隣りに邦画封切館の電気館、道の角に千代田館という映画館があった。

その館と対角線上の四つ角に、洋画専門の大劇場である大勝館。ここでは、映画以外に清水金一（シミキン）や森川信が軽演劇の芝居をかけたこともあるが、清水や森川は大勝館と同じ側の花月劇場が主とした活躍の場であった。

花月劇場は、私にとって最も魅力のある劇場だった。

清水はあけすけで明るい役者だったが、森川の演技はしっとりとしていて、体がふるえるような可笑しみがあった。人気が高く丸の内に進出したが、妙に取り澄していて森川本来の姿はなく、やはり森川は浅草という土壌の上でしか持ち味が発揮できないのだ、と思った。後に寅さんシリーズの映画に毎回出ていたが、それは浅草の森川とは別人のようであった。

花月劇場には、川田義雄、益田喜頓、芝利英、坊屋三郎の「あきれたぼーいず」が舞台に立っていた。揃いの白い帽子、白い服の四人の姿は、そこだけ照明を浴びたように光り輝やいていた。芝利英は一部金歯であったらしく、それがきらりと光る。客たちは興奮し、私も陶然としていた。不可思議なグループであった。その舞台で絶妙な芸をみせていたのは柳家三亀松であった。三味線を手に出てきて粋な都々逸《どどいつ》を口にし、客席の反応に巧みに応じて笑わせる。間《ま》というものの効果を知りぬいた類い稀な芸人であった。

花月劇場のつぎには、大都映画専門館の大都劇場があった。珍しく座席のシートが朱の色で劇場は立派だったが、映画そのものは大衆むけの二流映画だった。この劇場で弁士が登場する映画も観たが、トーキー映画でトーキーの科白と映し出されている俳優の口の動きが合わぬものを上映したりしていた。

六区に並行した大通りには、浅草随一の大劇場松竹座があった。

ここでは、榎本健一（エノケン）一座が公演したりしていたが、新人の淡谷のり子が「雨のブルース」を歌うのも観た。戦時中であるのに、豊かな髪にパーマネントをかけ、長いドレスを着て歌う淡谷の姿が時代ばなれした奇異なものに感じられた。

六区の通りは、多くの人たちが歩き、映画館や劇場はいずれも満員で、その前には長い人の列もできていた。

あきらかに軍需工場に勤めているらしい作業服を着た男たちが多く、兵隊の姿もあった。戦時下で娯楽を求めて浅草に足をむけた人たちで、私もかれらにまじって映画を観、軽演劇を楽しんだ。

終戦の前年の年末から、さすがの私も浅草に行くことはしなかった。夜間空襲がはじまって、近隣の町々が焼きはらわれ、娯楽どころではなくなったのだ。

三月九日夜から十日朝にかけての空襲で、下町一帯が炎におおわれ、夜空が朱の色に染まった。

それから一週間ほどたった頃、私は制服、制帽姿で自転車に乗り浅草に行った。浅草一帯が焼き払われたのを知り、六区がどのようになってしまったか、自分の眼でたしかめたかったのだ。

国際劇場の通りで、私は自転車から降り、それを押して六区に入った。人がひしめくように歩いていた六区は、全くの無人であった。

すさまじい火熱にあおられたらしく、焼かれた建物も道もことごとく白かった。建物は外壁だけが残っていて、内部をのぞいてみると、黒こげになってくずれた客席が見え、瓦礫が散らばっているだけであった。春の陽光を浴びた六区は、物音一つせず静まり返っていた。

私は、自転車を押してゆっくりと六区を歩いた。私が足しげく通っていた六区は、完全に地上から消えているのを感じた。

蚊、虱……

遠藤周作氏とは個人的な付合いは全くなかったが、文藝春秋主催の講演会で三回同行させていただいた。心優しい方で、かた苦しい文学論などせず、他愛ないことを口にして笑わせる。楽しい旅であった。

どの地であったか忘れたが、和風旅館で昼食をとった。

談笑していた氏が、突然、顔色を変えて立ちあがった。

「蚊がいる」

と言って、氏は掌で蚊をたたこうとしたが、蚊はのがれて天井の隅にとまるのが見えた。

私も立ち上り、蚊があそこにいますよ、と言うと、氏は長い箒を持ってこさせて勢いよくその個所を何度も突いた。蚊は死んだらしく、飛び去る姿は見えなかった。

私は、氏が大の蚊嫌いで、私と同じであるのを知って親近感をおぼえた。私が、人間は死ぬと動物に生れ変るという話があるが、蚊はまさに人間の生れ変りで、

「天井の隅にのがれた蚊が、遠藤さんを見下し、気配をうかがっていましたよ」

と言うと、

「本当。蚊は人間の心理をよく見抜いているんですよ。賢いからな」

と、顔をしかめた。

私は、梅雨時から秋口まで蚊にさされぬよう十分に注意する。網戸を常にきちっとしめ、庭に出ることはめったにしない。それでも手の甲に藪蚊《やぶか》がとまっているのを眼にした時など、ぞっとして体がふるえるような思いがする。

そのような大の蚊嫌いの私が、突然、戦争末期から終戦後までの環境の中に投げ出されたとしたら、恐らく発狂するにちがいない。当時は、悪環境になれきっていたので気が狂うこともなく、むしろ平然と生きていたが、現在の私には到底耐えられない生活だった。

空襲で家が焼け、日暮里町から移り住んだ足立区梅田町は、池沼が多く、水田もあって、梅雨の頃から蚊が大量発生した。

夕方になると、蚊が所々に群れをなして柱のようにみえる。蚊柱というやつだ。その近くを歩いてゆくと、柱がたちまちくずれて蚊が一斉に襲いかかってくる。

歩いてゆく人の頭の上に雲が湧いているようにみえ、人とともに移動してゆく。

暑いのでガラス戸は開け放しにしていて、網戸などないので容赦なく蚊が家の中に入りこんでくる。戦争がはじまるまでは、金鳥印、鍾馗《しようき》印、月虎印などという商標の蚊取り線香が売られていたが、戦局の悪化につれてそれらは全く姿を消していた。

むろん殺虫剤など出現していず、やむなく蚊取り線香の代りに七輪でオガ屑をもやす。濛々と煙が立ちこめて家の中に充満し、激しく咳込んだりしたが、果して蚊の駆除に効果があったのかどうか。むろん蚊が死ぬことはなく、少しは蚊も辟易して戸外にのがれたのかも知れない。

虱《しらみ》を初めて眼にしたのは戦争末期で、それから終戦直後まで虱は日常見なれた害虫になった。虱がどこから湧き出たのか、たちまち異常繁殖して人々の体にたかり、虱とともに生きていた観があった。

虱が人から人に移るのは銭湯とか満員電車の車内で、電車の中で前に立つ男の首筋に虱が這っているのを見たこともある。虱がたかっていたのは万人ひとしくだったと思う。

黒沢明監督の映画「用心棒」で、浪人に扮した三船敏郎が、肩をしきりにゆすりながら歩く場面があったが、まちがいなく虱がたかってかゆいことを表現しているのだ、と思った。江戸時代にもむろん虱は多く、それを考えた黒沢監督が三船にそうした仕種をさせたにちがいない。

むろん私の体にも虱がたかり、下着をぬぐと必ず虱がいた。微細な足を動かした白い虱。中には血を吸って桃色にふくれている虱もいた。下着の縫い目に卵がうみつけられ、一列に並んでいる。真珠の粒のようにみえた。

それらを虱とともに爪でつぶす。日向ぼっこをしながら、下着をぬいで虱とりをする人の姿は、その頃見なれた情景だった。

虱を殺すため洗面器に熱湯をそそぎ、その中に下着をつけると虱の姿は消える。が、それも短い間のことで、いつの間にか虱が下着の中に忍び込んでいて卵もうみつける。蚊の大嫌いな私だが、鈍い動きの虱はそれほど嫌いではなかった。食料をはじめとした生活必需品の不足や、空襲による被害を日常のものとしていた私の感覚は、にぶっていたのだろう。現在、それを見たらその不気味さに身をふるわせるにちがいない。

虱と同居などとのんきなことを考えていたが、終戦の翌年になると恐るべき伝染病が猛威をふるいはじめた。発疹チフスで、高熱を発し頭痛、腰痛、四肢痛がはげしく、全身に赤い発疹があらわれる。重症の折には昏睡状態になり、肺炎を併発し、循環機能も悪化して死に至る。この恐るべき伝染病が、虱の媒介によるものであることがあきらかになった。

当時の記録によれば、三万二千三百六十六名が短期間のうちに発疹チフスとなり、三千三百五十一名が死亡している。

爪でつぶせばよいと思っていた虱が、人を死におとし入れる恐るべき存在だということに、一種のパニック状態が起った。人々は、衣類すべてを煮沸して根絶をはかったが、虱は消えず猛烈な繁殖をつづけていた。

この伝染病に対して積極的に動いたのは、当時、日本を占領していた米軍だった。娼婦をはじめ日本人と接する機会のある米軍の将兵にも虱がたかり、発疹チフスにかかった者もいたのだろう。

米軍は、伝染病の媒体である虱を根絶することに手をつけ、ＤＤＴの強制撒布をおこなった。その方法は徹底していて、電車から乗客全員をホームにおろし、衣類の裏側にDDTを吹き込み頭にかけることなどもした。人々は真っ白になった。

各家庭にも撒布班がやってきて、私の家にもジープで乗りつけてきた。米兵と白衣を身につけた区役所の吏員が、家に入りこんできた。吏員は靴をぬいで座敷にあがったが、米兵は軍靴をはいたままだった。吏員が大きな筒状の撒布器を畳の上に置き、金属製の細い管を一人一人の衣服の衿からさし込んでDDTを放射する。寝具、座布団をはじめ、家の隅々までDDTを撒き、米兵は立ってそれをながめていた。

家も人も白くなり、かれらはジープに乗って他の家にむかった。効果はてきめんで、この撒布によって虱は全く姿を消した。さらに念を入れてのことらしく、軽飛行機が超低空で液状の殺虫剤を霧のように撒いて何度も飛んだ。この効果もいちじるしく、蚊柱は消え、蚊に刺されることも一時期ではあったがなくなった。

DDTの強制撒布で、発疹チフスの猖獗はやんだ。

害虫と言えば、現在では全く眼にできない蚤もいたが、終戦後しばらくたった頃までそれがいない家はなかった。

戦前も蚤はいて、蚤取り粉という駆除剤が薬局で売られていた。平たい円型のブリキ製の容器に入っていて、表面を押すと、プカプカという音がして側面の小さな穴から灰色の粉が出る。人間には無害であったらしく、夜、寝る時に敷布の上に撒いたりした。

果してその薬剤が効果があったのかどうか。通常は蚤をとらえて爪でつぶした。蚤は、後ろ脚が極度に発達していて、掛けぶとんを取りのぞいたりすると、跳ねて逃げる。跳躍能力がすぐれていて、姿が消えたと思うと、かなりはなれた所に着地し、さらにはねて逃げる。

着地した蚤が次の跳躍にそなえて体勢をととのえる寸前に指先で押して捕えるが、これがなかなかむずかしい。捕えた時は、まさに快感だった。

むろん蚤は人の血を吸い、刺された跡は赤くなっていた。

蚤は日常的な虫であったので、蚤の夫婦という形容語もあった。蚤は雌の方が体が大きかったので、妻の方が体格のまさった夫婦を蚤の夫婦と言ったのである。

人の血を吸う南京虫という虫もいたが、これは人の眼にふれることは少く、私も縁日で見ただけであった。

夜店で南京虫捕り器を売っている露店商がいた。広口のガラス瓶の中に南京虫が多く入っていたが、平たい卵形をしていて茶褐色であった。虱などよりはるかに大きく、うごめいている姿が不気味であった。

南京虫捕り器は、クリークという名称で売られていた。クリークとは、中国の戦場の低湿地帯などに人工的に掘られた水路で、南京虫捕り器はそれを模した物で、五〇センチほどの長さの底部と側面だけがある細長い箱状のものであった。内側に滑り易い黒色の紙が張られていた。

クリークを就寝前につなぎ合わせてふとんのまわりに隙間なく置くと、ふとんに忍びこもうと近寄ってきた南京虫が箱をよじのぼって内部に入る。そこからふとんの方へむかおうとしても、足がすべってあがれないという仕組みであった。

商品として売られていたのだから、効果があったのだろう。クリークのかたわらに置かれた説明文には、クリークに落ちた南京虫は木綿針で刺して殺すとよい、と記されていた。

南京虫は見たことはなかったが、その被害がいちじるしいのを一度眼にした。

中学校四年生になった頃から、野営と称する野外訓練があった。ズボンにゲートルを巻きつけ、学校の銃器庫から出した三八式歩兵銃と帯剣を身につけて汽車に乗って富士の裾野に行く。

そこには兵舎があったが、私たちが入ったのは軍馬の厩舎を改造した建物であった。

早朝、起床ラッパで起きて整列し、裾野で突撃訓練などをおこない、夕方になると隊列を組んで兵舎にもどる。恐しい教練の配属将校がいて、緊張した数日間であった。

今日は帰京という日の朝、隣りに寝ていた親友の貴家《きか》昭而君の顔を見て、私は驚いた。顔がひどく脹れ、熱をおびたように赤い。所々に刺された痕があって、血と膿がにじみ出ていた。

校医が来て、南京虫に刺されたことがあきらかになった。私は茫然とし、南京虫の毒のすさまじさを知った。

貴家君は、現在千葉県館山市で産婦人科医院の院長をしている。かれもその折の記憶は忘れがたいらしく、体が発熱し、帰京後も症状は残っていたという。

戦後、流行《はやり》物好きの婦人がアメリカから輸入された円形の金の小型時計を持つのがはやった。その形が南京虫に似ていることから、南京虫と称された。

女性は得意気にその時計を腕にはめていたが、私は貴家君の顔を思い起し、その時計が薄気味悪い物に思え、なぜそんな名称をつけたのか不思議であった。

歪んだ生活

千人針というものがあった。

細長い白布に、女性が木綿針を刺して赤い糸の結び目をつくる。千人の女性が結び目をつくった布を戦場におもむく兵が肌身につけてゆくと、戦死しないという、いわば守り札と同じような意味をもっていた。

千人針は、明治三十七年に起った日露戦争の折に一部でみられたというが、中国大陸から太平洋上へと戦場が拡大した、いわゆる大東亜戦争下では一般化していた。駅前などに、白布と針、赤い木綿糸を手にした婦人が立っている。それは出征する男の母や妻で、通る女性に「お願いします」と声をかけ、女性たちは必ず立ちどまって針を手に赤い結び目をつくる。それは碁盤目のように縦、横の線上に並んで結ばれていた。

そのうちに白布に千個の円型の赤い印を染めたものが売られるようになって、その円の中に結び目をつくる。

「お願いします」と声をかける婦人の息子や夫が戦場に行くのかと思うと、粛然とした気持になり、針を返した女性は無言で頭をさげたり、「御苦労様です」と言ったりしていた。

家の近くに牛乳販売店があった。

店主は若く、爽やかな感じの美男子で、早朝に青い塗料の塗られた箱車をひいて、瓶に入った牛乳を町の家々に配って歩いていた。長身の妻は、乳吞み子の世話をしながら、店で客に牛乳を売っていた。

男に赤紙と称された召集令状が来て、かれの妻は千人針の布を手に近所の家々をまわったり、銭湯の前に立ったりして女性に赤い結び目をつくってもらっていた。

出征の日、七・三に分けた頭髪を坊主刈りにした男が、店の前に集まった人たちに挨拶し、多くの人に送られて駅に行った。小学生の私もその列に加わっていた。

一年もたたなかった頃、店主が戦死したという話が近所につたわり、やがて遺骨がもどってきて葬儀が営まれた。

私は、集まった人たちの間から店主の妻の顔を見つめていた。喪服を着た彼女は、うつろな眼をして立ち、幼い子は親戚の者らしい若い女性が抱いていた。私は、店主の妻の顔を見るのが堪えられず、家にもどった。

それから間もなく、母が駅前に立って通る女性に千人針を頼むようになった。私の兄が入営し、戦場に行くことがきまったのだ。

父が紡績工場を経営していたので、工場の女子従業員や知人の奥さん、娘さんに頼めばすぐに千個の結び目ができたのだが、母は、多くの母親、妻がそうしたように、駅前に立って「お願いいたします」と声をかけていた。

兄は、やがて千人針を腹に巻いて戦地にむかったが、二年後に戦死の公報が郵送されてきた。

家族が戦死した家の戸口には、英霊の家と書かれた木札がかかげられていた。私の家にも、その木札が町会からとどけられたが、母はそれを仏壇の抽出しに入れたまま出すことはしなかった。家の玄関に入る度に、その木札を見るのが辛かったのだろう。母は、翌年の夏、子宮癌で痩せ細って死亡した。

出征兵士を送る時には、在郷軍人会、青・少年団とともに婦人会の人たちも列を作って駅まで送った。

婦人会の婦人たちは、海老茶色の揃いの羽織を身につけ、愛国婦人会と書かれた太い襷を肩からかけていた。私の母も加わっていたが、主婦たちの友好団体とでも言ったものであった。

そのうちに、各家々の主婦によって国防婦人会が結成され、大集団になった。国の要請で民衆の集団化が推し進められた現れであった。

戦時中には軍と警察が恐しかったと言われているが、私の実感としては隣り近所の人の眼の方が恐しかった。

最近、テレビで私とほぼ同年齢の男性の戦争回顧が放映されていた。

私も「空襲のこと」［後］の中で、空襲時に米軍機から撒布されたビラについて書いたが、その男性は拾ったビラを所蔵し、それが映し出されていた。

私が拾ったものと同一のビラで、アメリカ大統領のトルーマンがツルーマンと書かれ、降伏を勧告する古めかしい文章がつづられている。なつかしくはあったが、その男性がテレビのディレクターに語っている回想に、なにを言っているのだと思った。

かれは、ビラがB29から撒かれた後、憲兵がやってきて、銃を擬してそれらを押収してまわったという。

憲兵と言えば、こんなことがあった。

終戦の年の初夏の頃、荒川放水路にかかった千住新橋を渡り終えた時、橋のたもとの交番から出てきた体の逞しい下士官の憲兵に呼びとめられた。

私は、徴兵寸前の十八歳で、そのような若い男が軍需工場で働くこともせず日中歩いているのを不審に思ったのだろう。なぜこんな所を歩いている、ときかれ、長兄の経営している木造船所で働いていて、その社用で通行している、と答えた。

憲兵は納得したようだったが、私のかかえている日本文学全集の『武者小路実篤集』に眼をとめ、渡すようながした。

それをひるがえした憲兵は、

「お前の先輩たちは、戦場で銃を手にして戦っているのに、こんなものを読んでいていいのか」

と、激しい口調でなじり、目次に記されている小説の題を指でたたいた。

それは、記憶が定かではないが、たしか「お目出たき人」という小説であった。

かれは、険しい眼をして本を没収し、交番に引返していった。

私が憲兵を間近に見たのはこの時一回きりで、サイドカーに乗って走り過ぎるのを何度か眼にしただけである。

米軍から撒かれたビラは広範囲に散り、多くの人が拾った。そこに憲兵がやって来て押収してまわったというが、そんなことがあったとは到底思えない。憲兵は、姿をめったに見ることができないほど数が少く、ビラが撒かれたからと出向いてくるようなことはしなかったはずである。

それに銃を擬しておどしたというが、憲兵は通常ピストルを携帯していて、銃を手にするのはきわめて特殊な場合にかぎられていた。ビラを押収するだけのことに、銃を擬する必要があるのか。

戦後、とかく作り話が横行し、それが事実であるかのように流布されている節がある。この男性の話はあきらかに作り話で、戦争の実相を歪曲している。

私の知るかぎりビラは隣組で回収し、それが警察署に渡されたときいた。物珍しい物として家に持帰った人も多く、戦争がつづくことを覚悟していた私たちは、そのようなビラで動揺することなどなく、軍部も警察関係も神経質になってはいなかったのだろう。

記録によると、米軍機から撒布されたビラは四百五十八万四千部、人に拾われたのは二百十九万八千部で、地域は関東、東海、九州、近畿、中国の各地方にわたっている。このような広大な地に撒かれた多量のビラを、憲兵がいちいち銃を擬してまで回収したとは考えられない。

戦争が末期に近づくにつれて、人の心はすさんできた。

手近かなところでは、商人の変貌に驚きというより薄気味悪さを感じた。

長年親しくしていた八百屋があった。私の家は大家族で、毎日のように店主が大きな笊《ざる》に野菜等を入れて持って来て、時には私も母に命じられて自転車でその店に買いに行った。店主もかれの妻も、いつも笑みを絶やさず、まことに愛想がよかった。

それが、野菜類が不足しはじめると、態度が一変した。店主が家に運んでくることなどなくなり、店に買いに行くと、全く面変りした夫婦の顔があった。

店頭に並ぶ野菜を買おうとすると、

「あんたの家に売る物はないよ」

と、店主が追い払うように手を振る。

野菜を買える客は、なにか眼にできなくなった生活必需品を店主に渡していて、その上で金を払って買っている。私の家ではそのようなことはせず、長年のなじみ客であるかどうかは無関係で私に荒々しい声を浴びせるのである。

それを帰って母に告げると、母はうなずき黙っていた。

八百屋だけではなく、食料品を扱う店は大同小異で食料品が全く枯渇すると、売る物がないためそれらの店は戸をとざした。

集団化した人たちの中には、権力を手にしたと思うらしく、威丈高になる人もいた。

隣組の防空訓練に病弱のため参加しなかった主婦を、組長がその家に行って非国民とののしった。五十年輩のその男の顔には、独裁者のような傲慢な表情が浮んでいた。

空襲が予想される頃になると、燈火管制が敷かれた。戸外に電光がもれぬようにするのである。

それを徹底するため、隣組の幹部が巡回し、電光がもれている家があると怒声をあげて注意する。家々では、電燈の笠のまわりを黒い布でおおい、そのうちに燈火管制用の電球も現われるようになった。黒い電球で、下方に透明な円形の部分があり、電光はそこだけしか通過せず、常に丸い光が畳に落ちていた。人々は、隣組の幹部の人におびえていた。

私が働いていた浦安町の木造船所に行くのに、総武線の本八幡駅で下車して歩くのが常であった。木炭バスが通じていたが、いつも長い列ができていて乗車できずかなりの道のりであったが、歩いて町へ行った。

歩きはじめてから、一人の四十年輩の男と道づれになった。粗末な服を着、なにも手にしていなかった。

私が問いかけたわけではないのに、かれは空襲時のことを歩きながら話しはじめた。人と接することが少く、話す相手がなかったのかも知れない。

下町の空襲で、かれは妻と幼女とともに火に追われて逃げた。火がせまり、かれらは池の岸まで来て、妻は池の水を自分と子供にかけ、さらに下半身を水につけた。かれは熱さに堪えきれず、妻子を置いて必死に逃げ、辛うじて死をまぬがれることができた。

火がおさまって自分たちの住んでいた長屋の焼跡に行ったかれは、思いがけず衣服と髪の所々焼けた妻子と会った。

「それからがうまくねえんだよ。おれは女房、子供を置き去りにした男だろう。女房はひとことも口をきかず、子供を連れて実家に行っちゃった」

男が歩いているのは、妻の実家に行くためだという。

私は、軽く合槌を打ちながら男と歩いていった。

前方に、道に沿った家並が見えてきた。

「あの町に女房の実家がある」

男は、弱々しい眼をして言った。

かれの足取りは重く、火の見櫓のある所でとまった。

私は、歩きながら何度も振返った。男は立ったまま動かなかったが、最後に振返った時には男の姿は消えていた。

戦時下には、庶民のさまざまな生活があった。それはたしかに平時とは異なった歪んだものであった。

戦争と男と女

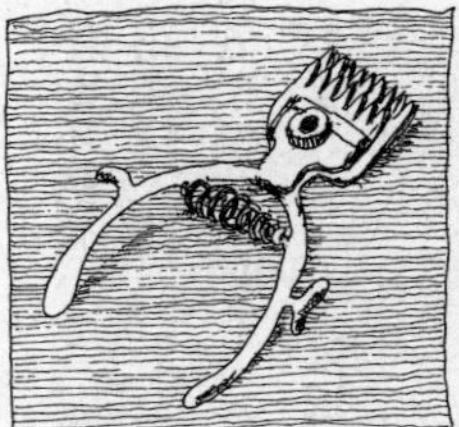

町の所々に医院があり、診療科目に花柳病と書かれた白い立て看板のある医院もあった。

花と柳という美しい文字の取り合わせと病という字が不釣合いで、小学校高学年の私はそれを見るたびに首をかしげた。劇団新派に花柳章太郎という高名な役者がいることは知っていて、なにか芝居と関係のある病気なのか、と思ったりした。花柳とはいかにも華やかな感じで、病気と言っても、いまわしいものには思えなかった。

私は、母に、

「ハナヤナギ病って、どんな病気なんです」

と、たずねた。

私に眼をむけた母は、無表情に、

「大人になったらわかるよ」

と、言っただけであった。

私は、その答えに大人にならなければわからぬことがたくさんあるのだ、とあらためて納得し、花柳病と書かれた文字を見てもそれを詮索する気持は薄れた。花柳とは花柳界。遊郭で感染する性病を花柳病《かりゅう》と称することを知ったのは、旧制中学の高学年になってからであった。

小学生時代、私は、家に近い日暮里駅の上から上野公園までひろがる広大な谷中墓地を恰好の遊び場にしていた。夏には蜻蛉、蟬をとるためモチ竿を手にして歩きまわり、墓地を横切って寛永寺の山門をくぐって上野公園に遊びに行った。科学博物館や動物園に入ったりしたが、茶店が所々にある公園には休暇を得たらしい若い兵が連れ立って歩いたりしていた。

上野公園に行く途中、谷中墓地で妙なものを見た。

塀にかこまれた由緒ある墓所が所々にあったが、墓所の裏手の細い道を歩いていった私は、低い石塀に背をはりつけるようにして体をのけぞらせている女の肩から上の部分を眼にした。和服を着た若い女の後姿であった。

女の体が律動的に上下に揺れていて、私は紺の背広を着た男の顔が女の肩に密着しているのも見た。男は坊主刈りで、その頭部も女の体と同じように動いていた。私は、なぜ女と男がそのような姿勢をとっているのかわからなかったが、異様な真剣さと緊迫感があり、それを見ているのが息苦しくなってその場をはなれ、足早やに道を引返した。その男女の姿が、戦時下の印象の一つとして記憶に残っている。当時は、男も髪をのばしていたが、出征、入営がきまると同時に坊主刈りにした。男の頭が青くみえたのは、髪をバリカンで刈ったばかりだったのだろう。戦地へ行くときまった男は、女と墓地を歩き、墓所に入って感情をおさえ切れず女の体を抱き、女もそれに応じたのだろう。女の髪にさした金色の簪が小刻みにふるえていたのが、眼に焼きついている。

男は戦場におもむき、死ぬこともなく無事にもどってきたのだろうか。それとも……と、その折の情景を思い出す度に想う。

空襲が大都市から地方に移行した終戦の年の五月頃、私は奥那須の温泉旅館に行った。長兄が客も全く来なくなったその旅館を借り切り、妻と子供たちを疎開させていて、私は兄の依頼で食糧その他をリュックサックに入れて運んだのである。長兄は海軍管理の木造船所を経営していて、そこに勤務していた私は、列車に優先的に乗れる木造船所の証明書で乗車券を入手し、東北本線黒磯駅で下車し、奥那須へ行ったのである。

帰途につき、黒磯駅で上りの満員列車に乗ったが、途中で停止した。先行の列車がアメリカ艦載機の銃爆撃で大損害を受け、進行が不可能になったという。

私は、下車した多くの人たちとともに線路づたいに歩いていった。

やがて前方に空襲を受けた列車が見えてきた。それは貨物列車で、車輪がレールからはずれて傾いた車輛もある。

近づいた私は、黄色いものを見た。それは沢庵であった。車輛の一つに四斗樽がぎっしりと積まれていて、それが破壊されて内部から沢庵が線路上にも散乱していた。

私同様、線路づたいに歩いてきた人たちがたちまちそれにむらがってつかみ、リュックサックの中に押し込む。車輛に入ってくずれかけた樽から沢庵をつかみ出す人もいた。

それを眼にしながら線路伝いに歩いてゆく人もいて、私もそれにならった。私は、いつの間にか線路からはなれ、線路とほぼ平行した耕地の中の道を歩いていた。線路ぞいに枕木や石の上を歩くのが辛かったのだろう。

進むにつれて人の姿はまばらになった。

私は、右方の林の中に動くものを眼にし、歩きながら見つめた。

二つの体が見え、一つは仰向けになり、その上にもう一つの体が重なっていた。二人とも白いものを身につけ、傍らに茶色いリュックサックが置かれていた。すでに性についての知識を得ていた私は、女の上に身を置く男の動きがどのような意味を持つのか知っていた。

不思議なことに、私はみだらな感じはせず、むしろなまめかしくすがすがしいものに思えた。それは、男女の横たわる疎林の背後に鮮やかな夕焼けの色がひろがっていたためであったかも知れない。二人は夫婦か、それとも買出しの途中で知り合った行きずりの男女か。

私は、歩みをゆるめることもせずそちらに眼をむけながら道を進んだ。

私がこれまで男女の性交する姿を眼にしたのは、墓所とこの疎林の中の二度だけである。いずれも戦時下のことであり、戦時はかくしおおうべきものが露出する時間であったのだろうか。戦時という死の危険が身近にある特殊な環境の中で、男と女が情欲を純粋な形でむき出しにし、それが野外での営みとなったのだろう。それ故に、私の眼に爽やかさに似たものに映ったにちがいない。

巨大な歯車が重々しく回転するように戦争が推し進められていた間でも、平時と同じように男と女の営みは変らずつづけられていた。

家の近くに歯科医院があり、院長は三十七、八歳の長身の男で、和服を着ていた夫人は気品があった。

或る日の朝、その家の前に縄が張られて警察官が立ち、近所の者は一家心中があったことを知った。小学校に通う男と女の子がいた。

その出来事は、新聞に小さな記事としてのり、末尾に心中の原因として「複雑な事情があるらしい」とのみ書かれていた。

しかし、近所の者は歯科医一家が心中に至る理由について知っていた。

少し前から、夜、医院の前に和服を着た二十七、八歳の女が姿をみせるようになり、私も、その女を見たことがある。銘仙の着物を着ていて、髪を後ろに束ねた女で、険しい表情をしていた。

心中後、医院の近くの人たちが語るさまざまな話がひろがった。女が深夜、医院のドアを激しくたたいていたとか、ドアから出てきた院長が女をなだめるように長い間低い声でなにか話をし、その間、女はひとことも口をきかず院長を見つめていたとか。

それらのことから院長が女と肉体関係をむすび、妻子ある院長は女と関係を断とうとしたが、女は承知せず家にまで執拗に押しかけてきたのだ、と想像された。家庭内の空気は乱れに乱れ、なおも押しかけてくる女に院長は錯乱し、妻子を道連れに自ら命を断ったのだろう、というのが定説になった。

戦時下でのその出来事は、近所の人々の反感を呼んだ。若い男たちが戦場におもむき、中には戦死した者もいるというのに、院長が女狂いをし、それが一家心中ともなった。戦時を無視した院長の行為は許しがたいもの、と考えたのだ。

翌日、二つの柩と二つの小さな柩が運び出され、親戚らしい数人の男女が付添っていた。かれらも肩身のせまい思いをしているらしく、暗い表情をし無言であった。霊柩車で運ばれたのかどうか記憶にないが、柩を見送る人々の眼が冷ややかであったのはおぼえている。

医院の建物は、その後、住む人もなく空家になったままで、町が空襲を受けた夜に焼失した。

父は綿糸紡績の工場とともにふとん綿製造の工場も経営していて、製綿工場は私たち家族の住む家の道をへだてた地にあった。

工場にYさんという綿職人がいた。小柄で撫肩の二十七、八歳の人で、貧弱な体をしていたので徴兵検査も不合格になったときいていた。

それを負い目に思っていたのか、Yさんは工場の前で特殊な技を披露した。どこで手に入れたのか古びた一輪車に乗って、道に置いた鳥打帽子を体をかがめて巧みに取り上げ、頭にかぶる。また、逆立ちをして道の角まで行き、もどってきたりした。

Yさんは、給料日になると、いつもきまった動きをしめした。

給料袋を手にしたYさんは、小走りに道を進んで角を曲って姿を消す。Yさんの物に憑かれた真剣な顔つきに、私は、あわてふためいてどこへ行くのだろうか、と思った。

やがて私は、工場の人からYさんが「女郎買い」に行くのだということを耳にした。給料日がくるのを待ちかねて、金をつかんで遊郭に急ぐ。戦争はたけなわになっていたが、遊郭は繁昌していて客がむらがっていたらしい。中学高学年になっていた私は、遊郭がどのような場所であるかは知っていて、Yさんが半ば走るようにして歩いてゆく姿を興味深くながめていた。

戦争が激化し、原料の棉花の輸入が杜絶して、製綿工場は紡績工場とともに閉鎖になった。

その直後、Yさんが父のもとに田舎へ帰ると言って挨拶に来た。いつの間にかYさんは結婚していて、妻をともなっていたが、思いがけず大柄な、色白の女性であった。無口なYさんとは対照的に、張りのある声で律義な挨拶をした。

「元気でな」

父はYさんに餞別を渡し、Yさんは妻の後について道を遠ざかっていった。

やがて町は夜間空襲にさらされ、製綿工場も焼失した。

戦後、Yさんの妻が幼い男の子の手をひいてたずねてきたことを兄からきいた。Yさんは病死したという。

給料袋を手に道を急いでゆくYさんの後ろ姿が、今でも眼の前に浮ぶ。戦場で将兵が戦っていた時、遊郭はにぎわいをきわめ、Yさんのような男が女の体を求めてむらがっていたのを知る。

人それぞれの戦い

空襲が激化した頃、東京のはずれを流れる荒川放水路に架けられた西新井橋を自転車で渡った私は、橋のたもとの上り傾斜の道に一台のトラックが停車しているのに眼をとめた。

荷台には多くの体の大きい男たちがあぐらをかいて坐っていた。作業服に作業帽をかぶっていたが、帽子の後ろから束ねられた髪がのぞいていた。力士たちであった。

荷台にただ一人、突き立つように立っている男がいた。

少年時代から両国の国技館にしばしば足を向けた大相撲好きの私は、それが思いがけず関脇の玉ノ海（梅吉）であるのを知り、眼をみはった。玉ノ海は、名横綱と言われた玉錦の弟子で玉錦の大のファンであった私は、玉錦の死後、玉ノ海が最も好きな力士であった。怪力玉ノ海と称されたように相手の体を強く引きつけて寄り、時にはひねりで倒すという豪快な取り口で、一種の風格があった。

現在では考えられないことだが、玉ノ海は師の玉錦亡き後、現役の力士でありながら二所ノ関部屋を背負う親方で、いわゆる二枚鑑札であった。

そんなことが頭に浮び、荷台に坐っている力士たちは、まちがいなく玉ノ海の弟子の二所ノ関部屋の力士たちだ、と思った。

なぜかれらが荷台に乗っているのか、私には容易に想像できた。かれらは体力がすぐれているので軍需工場に動員され、運搬作業などに従事していたのだろう。トラックに乗っているのは、作業の関係で移動中であるにちがいなかった。

玉ノ海は土俵上と同じようにむずかしそうな顔をしていたが、私がとっさに思ったのは食糧不足の中で力士たちがどのような食生活をしているかであった。力士たちは大きな体を維持するため揃って大食漢で、当然、親方である玉ノ海は弟子たちが栄養失調におちいらぬよう腐心しているはずで、険しい表情はそれをしめしているようにも思えた。軍需工場には、軍の指示で一般家庭よりも特別な食糧の配給――特配があって、玉ノ海はその恩恵を弟子たちにあたえようとして、軍需工場で労働させていたにちがいなかった。

荷台に坐っている力士たちは、さすがに肥満体の人はいなかったが、痩せてはいなかった。大きな体をした力士たちが食糧不足の時代に生きてゆくのは大変なのだろう、と思った。

玉ノ海は戦後引退し、NHKテレビの大相撲放映の名解説者となったが、テレビの画面に映る顔を見る度に、荷台に立っていた姿を思い起した。

力士と言えば、終戦直後、稀にみる巨人力士と言われた出羽ヶ嶽を間近に眼にした。

文治郎という名であったので文ちゃんという愛称で呼ばれ、ことのほか人気があった。一時は関脇まで昇り大いに期待されたが、私が国技館の土俵で見た頃は、幕下あたりまでさがっていた。

驚くほど大きな体をしていて若い力士と相撲をとったが、大人と子供のように見えた。その動きは気の毒なほど鈍く、呆気なくごろりと倒され、客たちは笑い声をあげ、さかんに拍手していた。子供心にも痛々しい感じがした。

むろん終戦後は引退していたが、その姿を見たのは、総武線の本八幡駅であった。

出羽ヶ嶽が駅の建物に入って来たのを見た人々は、その巨大さに驚き、私も視線を据えた。出羽ヶ嶽は、樹木の枝をそのまま杖にしたらしい太い杖をつき、おぼつかない足どりで、切符売り場の前にできた列の後尾についた。私の兄が、出羽ヶ嶽のすぐ前に並んでいたが、中肉中背の兄がまるで子供のように小さく見えた。

切符を手にした出羽ヶ嶽が、足をひきずるように改札口をぬけ、ホームに歩いてゆく。その大儀そうな歩き方と血の気のない長く大きな顔に、私はかれが栄養失調症にかかっているのを感じた。

かれはホームに入り、やってきた電車の扉の中に深くお辞儀をするようにくぐって入っていった。

その後しばらくして出羽ヶ嶽の死が新聞に報じられたが、その死因は食糧不足と深い関係があったにちがいない、と思った。

平時にあっては、力士は土俵にあがって相撲をとっているだけでよく、食物もふんだんに口にでき、酒も飲んだ。大相撲の人気は高く、多くの客が国技館に集まり、さかんに歓声をあげていた。しかし、戦争が激化すると、かれらは土俵からはなれて作業服を身につけて軍需工場や軍事施設で労働に従事する身になった。かれらにとって、思いもかけぬ生活の変化であったのだろう。

むろん力士だけではなく、戦時下の要請で人々の生活は甚しい変化を余儀なくされた。

終戦の前年に、浅草の国際劇場で風船爆弾がつくられているという話が伝わってきた。和紙をコンニャク糊で貼り合わせた巨大な風船で、それに爆薬を装着し、浮揚させて季節風にのせ、アメリカ本土に到達させて被害をあたえるのだという。すでに映画の上映もレビューの上演もしなくなっていた国際劇場が大きな空間をもつ建物であることから、風船爆弾の製造所になっていたのだろう。それをつくるのが女学校の生徒で、さらに芸者が多く加わっているという話も耳にした。すでに座敷遊びなどする客はなく、彼女たちが三味線をひき踊りをする機会がなくなっているとは思っていたが、風船爆弾と芸者のむすびつきが突飛なものに思えた。

しかし、私自身のことを考えても、平常とは異なる日々を送っていた。中学五年生になっていた私は、毎日、学校ではなく軍需工場に通って働いていた。授業は中断され、勤労動員で工場に行っていたのである。工場と言っても獣皮を処理する作業所で、薬液に漬けられた牛、羊、兎などの皮革を引き出し、革の裏をなめし刀でなめす。決して好ましい作業ではなかったが、私たちは一心にその仕事に取り組んだ。処理された皮革は、冷寒地の将兵の軍服や軍用機の飛行士の衣服に使用される、ときいた。

商店の店主も職人も、徴用されて軍需工場や軍事施設で働き、泊り込んでいた人も多かった。

このように戦争は、人々の生活を根底からくつがえす影響をあたえたが、戦争末期に受刑者（囚人と言っていた）が集団を組んで刑務所外で行動しているという話を耳にした時、私は意外に思った。

終戦の年の三月九日夜に東京に飛来したアメリカ爆撃機の大編隊による空襲で下町一帯が焼き払われ、多くの人が焼死し、私は路上に寄りかたまった死体や隅田川に浮ぶ死体の群れを見た。

それらの死体はどのように処理されたのか。死体はトラックや大八車で私の家の近くの上野の山に運ばれ、掘られた大きな穴に次々に入れられ、土をかぶせて埋められたときいた。それらの作業をしたのは、軍隊、警察官、消防団員たちで、さらに刑務所に服役していた受刑者たちがそれに加わっているということも耳にしたのである。

私には信じがたい話であった。そんな作業に従事していれば、逃亡する受刑者がいるはずで、戦争が終ってからも長い間、それは誤伝にちがいない、と思い込んでいた。

しかし、戦中、戦後にわたって四カ所の刑務所を脱獄した無期刑囚を主人公にした『破獄』（新潮文庫）という長篇小説を書いた時、それが事実であるのを知った。その小説を書くため戦時中の刑務所の状態、受刑者、刑務官（当時は看守）の生活を記録した『戦時行刑実録』という一六〇〇ページを越す書物を参考にしたが、その中に受刑者が死体整理にあたったことが記されていたのである。

死体を大きな穴に次々に投げ入れたという話を私は、半ば疑いをいだいていたが、この記録書によって、それが事実であることを知った。

その書物によると、東京の空襲対策をつかさどっていた東京都防衛本部は、東京が空襲された場合、関東大震災の被害状況を参考にして一万人の死者が出ると予想し、一万個の柩を用意していた。ところが三月九日夜半の空襲で防衛本部にぞくぞくと報告されてきた犠牲者の数は、翌日の夕方までに七万人を越えていたという。

そのため計画を急いで変更し、柩を使うことを断念して死者の身もとや所持品の調査もせずに「人眼のつかない公園」にそれらを集め、二百体から三百体が一度に入る大きな穴を掘ってつぎつぎに入れた、と記されている。

これらの埋められた死体はどうなったのか。終戦時に調査判明した死体は、あきらかにされたものだけでも十万五千四百七体を数えた。その後、戦争が終って三年後から三年間にわたってそれらの死体を埋めた穴を掘り起し、遺体を火葬にふして四百七十個の磁器の大壺におさめ、「昭和大戦殉難者納骨室」をもうけて奉安したという。

刑務所を統轄する司法省でも、むろん予想される空襲対策をとっていた。まず、刑務所が空襲で破壊されて収容者の集団逃走が起って社会不安を招くことを恐れ、混乱を最小限におさえるため重罪をおかして服役している受刑者を、空襲の確率の少い地方の刑務所に移送した。その一方、残された刑の軽い受刑者を造船所等の軍需工場で労働に従事させたり、飛行場建設にあたらせたりした。かれらは労を惜しまず働き、作業能力はきわめて高かった。

空襲による被害で散乱した死体の収容作業がはじまった頃、司法省の正木亮刑政局長から都の防衛本部に協力を申し出たことによって、まず三十人ほどの受刑者がこれに従事した。かれらは、黙々と作業に従事し、都では規定の作業賃金を支払おうとしたが、受刑者の総意でそれを受取ろうとはせず、都ではその代金千数百円を新聞社の社会事業に寄附した。

ついで、百四十一名の受刑者によって本格的な死体整理作業隊が結成され、それは刑政憤激挺身隊という名のもとに隊旗もつくられた。

三月十三日朝、かれらは隊旗をかかげて東京拘置所の屋上に集結し、整列したかれらに正木刑政局長が次のような訓示をした。

「君たちは、今から罹災市民の死体埋葬の仕事に出る。決して死体を事務的に扱わぬように。気の毒な人たちなのだ。どうか自分の親が、子が、妻が、兄弟が災害を受けたと思って死体から顔をそむけず丁重に扱ってくれ。これは人類最高の尊い仕事だ」

この訓示が終った後、かれらは隊列を組んで拘置所の門を出たが、かれらがむかったのは、死体を埋葬することに定められていた錦糸公園であった。

かれらに教誨師の藤原慧皎氏が付添っていたが、氏の回想記がその記録書にのっている。

公園には軍隊が次々にトラックで死体を運び込んできて、受刑者たちは軍隊、警察官とともに一穴に二百体を入れる穴を十個作った。その中に原形さえとどめない死体を数えながら入れてゆく。

「ふんぷんたる屍臭に胸のしんまで痛む思いがする。私共教誨師は、現場でスコップをふるう収容者（受刑者）の中に混って、次々と運搬される屍体に対して何十回となく読経して回る」

と、藤原氏は書き残している。

その後、受刑者たちは、都内の各方面に隊列をくんでおもむき、正木局長の訓示通り死体を丁重に運んで穴の中に落してゆく。衣服はどろどろに汚れた。

海岸の波打際に、一個の異様な死体も発見した。あきらかに日本機に撃墜されたアメリカ爆撃機の搭乗員の死体で、受刑者たちはそれを埋葬し、後日の目印にと土まんじゅうの上に十字架の木標を立て、「B29搭乗者の墓」と書きしるしたという。

空襲直後に焼跡に散乱し、川にうかんでいた多くの死体は、またたく間に一般人の視野から消えた。それは、軍隊、警察官、消防団員に受刑者も加わった人々の、必死の作業によるものであったのだ。

空襲直後、江東区方面に自転車で行った私は、多くの兵が鉤のついた長い竿で川面に浮ぶ死体を岸に引きあげている情景を眼にしたが、十万体にも及ぶ死体を収容したこれらの人たちの努力は、戦史に銘記されるべきものである。

乗り物さまざま

戦争がはじまる頃までは、車が東京の町々を走っていた。

荷物を運搬するトラックは、現在のトラックと外観はほとんど変りはないが、ひどく角ばっていて、荷台の枠は木製だった。現在のような大型のものはなかった。

トラックに準ずる運搬車には、オート三輪車があった。前部がオートバイで、運転する人はサドルにまたがり両側に突き出たハンドルをつかんで操縦する。その個所には、鉄枠に幌をかぶせた屋根がついていて雨天でも運転でき、その後ろに荷台がとりつけられ、そこに荷物を積む。

父が繊維工場を経営していたので、原料や製品を運ぶオート三輪車が大型・小型二台あり、いずれも紺色をしたマツダ製であった。

乗用車は、なぜかすべて黒塗りであった。大半が公用車とそれに準ずるもので、個人で所有していることは稀であった。製紙会社を経営していた叔父は自家用車を持っていて運転手に操縦させていたが、それはダットサンと名づけられたきわめて小型の角ばった車であった。

一般に人の眼にふれていた乗用車は、円タクと称されたタクシーであった。運転手の補助員として助手が乗っていて、客引きをする。運転手と同じように鍔つきの黒い帽子をかぶっていた。代金はメーター料金ではなく自由で、客が助手と交渉をしてきめる。平均的な距離では代金が一円程度なので、円タクという名称が生れた。

助手は将来、運転手になるため車のこと地理のことをおぼえていたのだろう。運転手も助手も、いずれも中年の男で、現在の個人タクシーのように運転手は自分持ちの車を運転し、ガレージもそなえていた。

車種はフォード、シボレーで、広い後部の座席が客席になっていた。三人掛けで、さらに運転席の背に簡易座席が二つうめこまれていて、それをひきおろすと、それぞれ一人ずつ坐れるようになっていた。皇室の車のように互いに体を向き合わせて坐る形となり、私と弟はタクシーに乗るともっぱらそこに坐らされた。

タクシーにかぎったことではなかったが、車輪の外側には棕櫚《しゅろ》製の泥よけがとりつけられていた。舗装路は少なく、雨が降るとぬかるむ道が多かったので、走行中泥をはねて通行人に迷惑をかけぬようにという配慮からであった。乗車口にはステップがついていて、それをふんで車内に入る。むろんドアは手動式であった。

戦争がはじまると、ガソリンは軍関係の車のみが使用できるだけになり、円タク、オート三輪車、自家用車は姿を消し、軍需品を運ぶトラックを眼にできるだけになった。

バスは、庶民の重要な乗り物なので、廃止されることはなかった。ただしガソリンは使用せず、薪を燃料とし、それは木炭バスと称されていた。

バスの後部に、あたかも背負うように円筒型の大きな汽缶《かま》がとりつけられていて、その下方に薪を入れ、運転手がクランクを勢いよくまわして風を送り込む。フイゴである。

薪が燃え、どういう仕組みになっているのかわからなかったが、それが車を動かす動力となった。

客たちはバスに乗り、車が動き出す。しかし、その動きは弱々しく、坂にかかると登れず、坂の下でストップし、そこが終点となる。甚だ心もとないバスであったが、それでもバスは東京の町々を走っていた。

庶民が荷物をのせて運ぶのは、リヤカーであった。鉄製のパイプその他で作られていて、短いものと長いものがあった。

前部の枠内に人が入って曳くが、短いリヤカーの枠の先端に穴がうがたれていて自転車のサドルの後方と連結できる仕組みになっていた。荷台は自転車に曳かれて走り、いわば人力によるオート三輪車といった趣きがあった。

長いリヤカーも、むろん荷をのせて曳くが、それ以外にも利用された。

父が死亡した折のことを記したが、病院で息を引き取った父の遺体を家に運んだのも長いリヤカーであり、柩を火葬場に運んだ時も長いリヤカーを使った。人体の長さとほぼ一致していたので、ふとんを敷き、横たわった病人をそれにのせて運ぶのをしばしば見た。道は凸凹が激しかったが、車輪はゴムタイヤで病人を運ぶのには適していた。

夜間空襲で町が焼け、高台にある谷中墓地に避難したが、今でも眼に焼きついている情景がある。

避難してくる人たちは、リュックサックを背負っている人もいたが、なにも持たぬ人もいて、いわゆる着たきりのままの人が多かった。髪が焦げ、衣服が焼けて腿が露出している気の毒な女性もいた。

そこに鶏の啼き声とともに、長いリヤカーを曳いた小柄な四十年輩の男が、墓地の中の広い道に入ってきた。

リヤカーには家財その他が、よくこれまで積めたと思うほど満載されていて、数羽の鶏の足に紐が巻きつけられ、リヤカーの枠に結びつけられて悲鳴のような啼き声をあげていた。妻らしい女がリヤカーの後押しをし、子供もそれに従っていた。

男は、日頃から空襲で町が焼かれることを想定し、リヤカーに持出し荷物をぎっしりと積み込んで準備をし、焼夷弾の投下がはじまると鶏をリヤカーに結びつけ、墓地に避難してきたのだろう。

手ぶらの人たちが多い中で、そのリヤカーは異様であった。かれの妻の顔には、生活力の逞しい夫を誇らしく思っているような表情が浮んでいた。

私は、リヤカーを曳く男に違和感をおぼえた。荷を出来るだけ多く持ち出そうとする気持はわかりはするものの、家財への執着が余りにも度が過ぎているように思えた。町そのものが焼き払われているのだから、なにもかも焼きつくされればいいと虚無的になっていた私は、物に執着する気持などなく、生きているだけで十分だと思っていた。そうした私には、リヤカーを曳いてゆく男の姿が物欲の塊のように思えた。

それは、私が十八歳という若さで生活というもののきびしさを知らなかったからなのだろう。その男がいじましく、そんなに物にこだわる男はやりきれないと思った。

イタリア映画に「自転車泥棒」と題する映画があったが、観ていて終戦後の日本を見る思いで重苦しく、不快ですらあった。

戦時中から戦後にかけて、自転車は唯一ともいうべき貴重な乗り物であった。かなり遠くまでペダルをふんで行った。

戦争も末期になり、さらに終戦を迎える頃になると、舗装された道路も全く手入れがされず、くぼみだらけであった。そこを避けながらペダルをふんでゆくが、それでも絶えず自転車ははずむ。釘なども落ちていて、しばしば車輪がパンクする。

自転車屋など眼にすることもできなくなっていたので、自分で自転車屋の人がしていたのをまねてパンクの修理をし、いつの間にか上手になった。

タイヤからチューブを引き出し、空気入れでふくらますと、それを水をみたしたバケツの中にひたす。パンクした個所から水泡が一筋立ち昇っていて穴の位置が知れ、チューブを水から引き出す。

穴の部分を軽石で入念にこすり、不要になったチューブを切手大に切って、それも軽石でこすってゴム糊を塗る。空襲がはじまった後は、焼夷弾の不発弾の中につまっていた油脂を取り出して使ったが、ゴム糊として最適で、それを塗って少し乾かした切手大のゴム片を穴の個所に貼りつけると、それでパンク直しは終了した。

戦時中はまだ社会生活に秩序が保たれていたが、敗戦後は乱れに乱れ、盗みが日常的なものになった。

駅で切符を買おうとしている老女が荷物を置き、それを元海軍の水兵の復員服を着た若い男がつかんで少しはなれた所に持ってゆき、荷物の上に腰をおろして素知らぬふりをしているのを見た。

どうなることかと思っていると、切符を買い終えた老女が荷物がないのに気づき、狂ったように探しまわり、そのうちに男の腰の下に自分の荷物があるのに気づき、怒声をあげて男をなじった。

男は腰をあげ、何事もなかったかのように悠然と歩き去った。

そのような情景が、しばしばみられた。

終戦後、私は長兄が管理し休業状態にあった綿糸紡績工場に附随した家に住んでいたが、ある朝起きると、工場の窓ガラスがすべて失われているのを知った。ガラス板は、むろん入手不可能で、それらを売ればかなりの金額になり、無人の工場の窓ガラスがねらわれたのだ。

それにしても、おびただしい窓からガラス板をはずし持ち去ったことが信じられなかった。おそらく窓ガラスについての専門家のなせるわざだったのだろう。

その盗難を、兄は警察署にとどけることなどしなかった。盗難は多発していて、署でも取り合ってくれないことを知っていたのだ。

玄関の戸をあけておいたら、土間に置かれた靴が一つ残らず消えていたこともある。盗まれた靴の中には次兄が気に入っていた靴があった。盗まれた靴が浅草の闇市で売られているという噂があり、次兄は半信半疑ながら浅草に出掛けてゆき、盗まれた革靴を手にしてもどってきた。安い値段で売られていたというが、噂通りであることに妙に感心したことをおぼえている。

自転車は、盗みの対象として恰好な乗り物であり、常に錠をかけていた。しかし、家の前に置いてあった自転車も盗まれ、錠をかけてあったのになぜ盗まれたのかわからなかった。それ以来、自転車は必ず玄関の中に入れ、さらに錠もかけておいた。

戦後、輪タクというものが登場した。

座席のある幌つきの二輪車に自転車が連結されていて、人をのせて自転車のペダルをふむ。輪とは競輪という名称からもわかるように自転車のことであり、むろんタクはタクシーで、自転車でひくタクシーというわけである。

主に米軍の兵士たちが座席に坐り、珍しがって陽気な声をあげていた。二人乗りの輪タクも姿を見せ、米兵が日本の街娼と嬉しそうに並んで坐ったりしていた。

輪タクは急増し、銀座のメインストリートに並んで客待ちしていたり、四丁目の交叉点を往き交ったりしていて、銀座の一風物のようになっていた。

やがて、いつの間にか輪タクは姿を消したが、東南アジアの都市で同じようなものが走っているのをテレビの画面で観る。それを眼にすると、終戦後の東京の姿がよみがえる。

食物との戦い

戦争末期から終戦後の食糧枯渇を経験した人は、よくこんなことを言う。食料品があふれるほど豊かな現在、たとえば駅弁を食べる折にはひもじかった当時のことが胸によみがえって、飯粒一つも残さずすべて口にする、と。

私の場合は、逆である。駅弁などは多分に意識して少し残し、サンドウィッチなら最後の一片は食べずにすます。それは、食物とも言えぬような食物ですら少量しか口にできなかった時代への、復讐心に似た気持からである。がつがつと食物など食べてやるものか、という甚だ子供じみた意識なのである。

終戦前後、私は人間が食物を摂取しなければ生命を維持できぬことが甚だ情なく、みじめであった。絶えず空腹で、食物を血走った眼で探っていたような日々で、そうしたいまわしい記憶から、現在のような食物の豊かな時代になると、食べることなどなんとも思ってはいないぞ、とわざと食べ残すこともするのである。

思い返してみると、戦前の日本人の食生活は、現在と比べてはるかに貧しかった。

粗食を美徳とするという概念が浸透していたからなのだろうか。

父が紡績工場と製綿工場を兼営していた私の家は、一応、豊かな部類に属していたと言っていいが、それでも朝食は米飯、味噌汁に漬物のみといったことが多かった。時には生卵があたえられたが、それも一個を弟と半分ずつにするのが常で、それでも大満足であった。

大東亜戦争と称された連合国との戦争がはじまると、主食である米は配給制となった。もみがらを取り去ったままの玄米が配給されることもあって、それを一升瓶に入れ、棒で米が白くなるまで長い間つくようなこともした。その米の配給も戦況の悪化にともなって急速に減少し、米の代りに大豆、芋、とうもろこし、こうりゃん等が配給されるまでになった。

食物との戦いがはじまった。穀類は雑炊にし、豆粕なども入れる。豆粕とは大豆から油を絞ったかすで、馬の飼料とされていたものであった。

小麦粉も配給されたが、それにもとうもろこし粉や澱粉などが混入されていて、だれが考案したのか、電気パン焼き器なるものが各家庭で作製された。長方形の木製の箱の内側左右に、鉄の板が貼りつけられている。その中に芋を刻んだものなどをまぜた、水でといた小麦粉を流し込む。鉄板にはコードが連結されていて電流を流し、箱のふたをしめる。しばらくすると、小麦粉がパン状になり、それを取り出して切り、口にするのである。これは、主要な主食となった。

野菜も時折り、隣り組という町内の組織を通して配給された。それについて、今でも忘れがたい記憶がある。

その時は私の家が当番になっていたのだろう、隣り近所の主婦七、八人が家に集ってきた。配給される野菜はわずかに大根一本。しかし、それを前にした主婦たちが、別に驚いた表情もしていなかったのは、野菜の配給といってもその程度であったのだろう。たまたまその場に居合わせた私は、主婦たちがそれを庖丁で公平に輪切りにするのを見守った。一軒分が風呂吹き大根一個ほどの量であった。

魚類も稀に配給されたが、豊漁だったのか、すけそう鱈にかぎられていた。

そのような食糧事情であったので、土の露出している所はすべて掘り起し、南瓜や大根などの種をまき、私も庭の土を耕して南瓜を収穫した。

家が空襲で焼け、足立区梅田町に移ると、工場の人が広い畠に馬鈴薯を栽培したが、採り入れる直前の深夜、何者かにすべて掘り起され盗まれた。盗む者を野荒しと言い、監視する者との間に殺傷事件が起ったという話を何度もきいた。人々は痩せ細り、肥満している者は皆無になった。歯科医からきいたが、虫歯になる者がきわめて少くなったという。砂糖などは眼にできなくなっていて、甘い物を口にすることがないからであった。

戦時中は国家統制もきびしく、細々ながら配給制度が持続されていたが、終戦と同時にその制度は大きく乱れ、混乱状態におちいった。食糧統制法は存続していて、農・漁業者へは農作物、魚介類の供出を命じ、それらを配給ルートにのせようとつとめたが、供出をしぶって横流しをする者が多く、闇食糧として個人に渡される傾向がいちじるしくなった。

そのため、人々はリュックサックを背負って農村や漁村にぞくぞくとむかう。毎月、生活必需品の価格が二倍、三倍と高騰する想像を絶したインフレにさらされていたので、金銭の価値は無に等しいものになっていて、食料品の入手は物々交換によるよる以外になかった。

一般家庭では、晴衣をはじめとした家族の衣類を手にして買出しに行き、わずかな食料品と交換して持ち帰る。筍は皮をむいて食べるが、それと同じように着た物をぬいで食料品を入手することから、タケノコ生活という言葉が一般化した。

このような食料品の入手は、食糧統制法に違反するもので、政府は警察力を動員してその徹底取締りにつとめた。道路、橋のたもとなどに警察官が待ちかまえていて、リュックサックを背にしてやってくる者を呼びとめ、しらべて違反品があるとことごとく押収する。それは徹底したもので、買出し人が泣いて嘆願しても容赦はなかった。

私も工場の人とともに七人で、遠く秋田県下に米の買出しに行った。長兄が紡績工場を戦局が悪化するまでつづけていた関係で、倉庫には製品化した作業服があり、それを米の交換品として持っていったのである。

目的の米作地におもむくと、そこには米がふんだんにあり、小さな宿屋で味噌漬とともに口にした米飯のうまさは忘れられない。白米など眼にすることすらできない東京と比べて、その米作地の町が極楽にも思えた。

精白した米二斗ずつをリュックサックに入れた私たちは、帰京の途につくことになったが、途中には警察官が取締りの網をはりめぐらせている。かれらは駅のホームに待機し、米作地方向からやってくる上りの列車がつくと、乗客全員をホームにおろす。ホームと反対側の線路におりて逃げようとしても、そこにも警察官がひかえている。買出し人のリュックサックから米を出し、さらに車内にかくされているリュックサックもホームにおろす。押収した米が堆《うずたか》く所々に山盛りにされた。

そうした取締りを知っていた私たちは、列車に分散して乗って帰京することになり、私は事務員のKさんと二人で組んだ。

超満員の列車に乗り、不吉な予感がして、主要駅の前の駅で下車したりして、何度も乗りつぎながら上野へむかった。幸いにも取締りの網にかかることがなく、上野駅の手前の尾久駅で下車し、夜道を周囲に視線を走らせながら歩いて足立区梅田町の家にたどりついた。米を二斗ずつ持ち帰ったのは私とKさんのみで、他の五人はすべて途中で米を没収されていた。

このような物々交換で人々は辛うじて食物を手にしていたが、むろんそれができない人たちもいた。家の近くの溝に頭を突き入れていた初老の男がいて、それが私の初めて眼にした餓死者だった。それから私は何人もそのような死体を見たが、不思議なことに女性と子供はいなかった。四十年輩から六十年輩の男ばかりで、子供はだれかが食物を恵み、女性は生来の逞しい生命力で飢え死にすることはなかったのだろう。餓死した男たちは、顔が青黄色く皮膚に骨が浮き出ていた。

高名な歌舞伎役者の一家が殺される事件が起り、新聞にも報道されて他人ごととは思えぬ恐れを人々にあたえた。

役者の家に二十二歳の座付作者見習いが同居していたが、かれは役者の家族よりもはるかに少い食物しかあたえられず、その差別に主人夫婦に強い怨恨をいだき、夫婦と子供、雇い女五名を殺したのである。

犯人は逮捕され、すべて自供したが、この事件で「食い物の恨みはこわい」という流行語が一般化した。

ついでYという東京地検の判事の死も、新聞の記事になり、大きな話題となった。

三十七歳のY氏は、税込み三千円の月給で妻子三人を養っていたが、インフレの波で二人の子供が訴える空腹をいやしてやれなかった。妻は、衣類等を農村に持って行って食料品を入手しようとしたが、Y氏は、

「人を裁く裁判官として闇の品物を入手できるか。給料でやってゆけ」

と、妻を叱った。

そのため夫婦は汁ばかりすすり、配給品はすべて二児にあたえた。

　それを見かねたY氏の父や縁者が郷里から持ってきた食料品をあたえようとしたが、氏はそれをきびしく拒絶した。かれは、栄養不良におちいりながらも激増する闇取引の事犯を百件もかかえてその審理につとめていた。

やがてかれの栄養失調症が悪化し、妻が医師の診療を受けるようすすめた。しかし、受持っている百人からの被告人を未決のままにしておくわけにはゆかぬと言って執務をつづけ、遂に東京地裁で倒れた。それで初めて休暇をとり、郷里にもどったが、間もなく死亡した。

氏の日記には、「(闇の食料品を取締る) 食糧統制法は悪法だ」としながらも、その法律があるかぎり自分はそれをおかすことは絶対にできず、喜んで餓死するつもりだ、と記されていた。

　この判事の死は、大きな反響を呼んだ。

　闇物資を流す違法行為を裁くY氏の、死を恐れぬ毅然とした姿勢は立派だとしながらも、闇の食料品を手にしようとしない厳正きわまりない態度は頑迷すぎる、という意見もあった。氏自身は裁判官として信念をつらぬいたのだからよいが、その犠牲となって飢え死に寸前までいった妻子は気の毒だ、というのが一般の声であった。

平時なら高潔な判事とされるのに、融通のきかない人と言って蔑まれた、そんな奇妙な時代であった。配給機構の乱れきった終戦後の配給食糧はなきに等しいもので、それで生きてゆくなどとは不可能であった。

その後、徐々に食糧事情は好転し、食物も自由に購入できるようになった。

思い返してみると、戦争末期から終戦後にかけて食物のほとんど絶えた時代は、戦慄すべきものであった。

中学生の一人旅

終戦の前々年、つまり昭和十八年の晩秋のことである。私は、東京開成中学校の四年生であった。

戦局の悪化にともなって鉄道は兵員、軍需物資の輸送が優先され、昭和十九年後半には一般の人々の不急旅行の全面禁止令が出された。旅行するには軍や軍需工場等で発行される旅行許可証がなければ、自由に切符を入手できなくなったのである。その前年でも、旅行制限はすでにおこなわれていたが、一〇〇キロの距離範囲の旅行はまだ可能であった。

中学校へは同じ町にあるので徒歩で通い、映画館や寄席のある浅草、上野へも歩いてゆく。電車に乗ることも稀で、まして汽車に乗ることは絶えてなくなっていた。家とその近辺のせまい地域のみを動いていた私は、思い切って汽車に乗って旅行をしようと考えた。さらに旅行先で果物でも入手し、食べることができたら、素晴しいとも思った。

私は、ひそかに旅行計画を練った。東京から一〇〇キロ以内の地を物色し、あれこれ考えた末、山梨県の甲府へ行こうと思った。新宿から甲府へは一〇〇キロ以上あったが、電車で八王子まで行けば、そこからは一〇〇キロ以内で切符が買える。甲府の手前の勝沼周辺は葡萄の産地として知られ、ちょうど葡萄の収穫期であったので、それを入手できるかも知れないとも思った。

帰路は、甲府駅から出ている身延線で静岡県下の富士宮に行く。そこには次兄の妻の実家があって、食事をとらせてもらうことができる。帰途は東海道線で、乗りつぎすれば東京へもどれるはずだ、と考えた。

学校はすでに授業の日が少く、教練や勤労奉仕が主となっていて、どういう事情かは忘れたが二日つづきの休日があったので、私はそれを利用して旅に出ることにきめた。母は子宮癌で病臥していて、母から交通費をもらい、朝、家を出て電車で八王子駅まで行き、中央線の汽車に乗った。

久しぶりに汽車に乗り、それに一人旅であったので浮き浮きした気分であった。

中学生の制服、制帽を身につけ、通学の折に使う布製の鞄を肩からさげていた。

甲府駅の手前の勝沼駅で下車した。想像通り葡萄畠がひろがっていて、私は、その中の小路に入っていった。

緞帳でも垂れたように重なり合った枝葉が道の両側につづいていて、はち切れそうに実った粒の葡萄の房が多く垂れていた。

道の前方の葡萄畠に、老女の姿が見えた。

私は近づき、帽子をとって頭をさげ、葡萄を少し分けて欲しい、と言った。葡萄は、果実すべてがそうであったように統制食料品で、ゆずってくれないかも知れない、と思った。

しかし、老女はあたりをうかがうような眼をしながら数房の葡萄を切り落して渡してくれ、代金は？　と問うと無言で手をふり、畠の奥の方へ歩いていった。

私は、豊かな気分になった。戦争がはじまってから果実を眼にすることはなくなり、稀に乾燥バナナが配給されるだけであった。保存に適するように皮をむいたバナナを乾燥したもので、生のバナナの半分ほどの大きさであったが、味は十分によかった。

バナナと言えば、こんな思い出もある。終戦後のことだが、病弱だった私は見舞いにバナナを二本もらった。一人で食べるのがもったいないような気がして、Tさんという工場の従業員の二番目の男の子に渡した。Tさんは四人の幼い子がいて、食物も十分にあたえることができなかったらしく、ことに二番目の男の子は顔色も悪く、手足も細かった。

「おいしいよ、食べてみな」

私が言うと、驚いたことにその子は皮のついたままのバナナを口に入れた。

私はうろたえ、皮をむいて食べるのだと注意した。うなずいた男の子は皮をむいて口に入れたが、眼が輝き、顔に陶然とした表情がうかんだ。男の子は小学校の二年か三年生であったが、バナナを眼にしたこともなく、それほど戦中から終戦後まで果実は東京の地からほとんど完全に姿を消していた。

そんな生活をしていただけに、葡萄を手にできたことに気持がはずんだ。私は駅への道を引返しながら、葡萄の粒を口に入れた。その折のうまさは、今も忘れられない。

私は、葡萄畠の間の道を散策するように歩きまわり、駅に行った。やってきた汽車は超満員で、布鞄の中の葡萄がつぶれぬように注意しながら甲府駅まで乗っていった。すでに日は没していた。

甲府駅始発の身延線に乗ろうとしたが、あいにく乗車券販売制限時間にひっかかり、ようやく改札口をぬけて乗ることができたのは、終電車であった。しかも、それは下部駅どまりで嫂の実家がある富士宮までは行かない。嫂の実家に泊る予定はくずれたが、下車した下部駅のベンチで寝てすごし、始発で富士宮へ行けばよい、と思った。

電車が甲府駅をはなれたが、車内は鮨づめ状態であった。乗客は軍需工場からの勤め帰りの人たちらしく、ほとんどの男が作業服に作業帽をかぶっている。疲れているらしく険しい眼をしていて、私は、かれらに恐れに似た感情をいだいた。かれらはそれぞれに生業を持っていたが、戦時下の要求で徴用され、軍需工場で不本意な仕事に従事している。

そうしたかれらに比べて、私は旅を楽しみ、葡萄まで手にして電車に乗っている。私だけが戦争の環の外にあって、のほほんと一人旅をしていることが申訳ない気持であった。

電車がとまる度に、乗客がかたまって降りて行き、それが繰返されているうちに、私は座席に坐れるようになった。

窓の外には山肌が迫り、電車は鉄橋を渡ったりする。車中に山の空気が感じられた。

乗客がさらに減り、座席に坐る者もまばらになった。私の前には、小学校を出たばかりらしい小柄な少年が坐っていた。しかし、少年と言っても作業帽をかぶり青い上っ張りを着ていて、社会に出て働いていることをしめしていた。

私は、相手が自分より年下である気安さから話しかけた。

「どこまで行くの」

少年は、

「清水です」

と、答えた。

少年は大工見習いで、清水市の大きな軽金属工場に仕事をしに行く途中で、すでに親方たちは先行している、と言った。足もとに置かれた厚い布につつまれたものは大工道具のようだった。

その話に、私は後めたさを感じた。軽金属工場は軍需工場で、私より年少である少年は、すでに労働に従事している。私は中学校に通い、母から金をもらって一人旅を楽しんでいる。少年は小柄だが指は荒れて太く、細い指をした自分が恥しかった。

私は、布鞄から葡萄の房を取り出し、少年に差出した。

少年は大人びた仕種で辞退したが、私がなおもすすめると手にし、葡萄を口にした。私も、葡萄を食べた。

少年に行先を問われて富士宮だと答え、終着の下部駅のベンチにでも寝て始発を待つつもりだ、と言った。

少年は、下部に叔父が宿屋をやっているので、そこに泊ればいい、と言った。見知らぬ人の家に泊るのは気づまりだと思ったが、終着の下部駅でおりた少年は私をうながして夜道を歩いてゆき、私もそれに従った。

二階建の家の前で足をとめた少年は、電燈も消え白いカーテンのかかったガラス戸をたたいた。

内部に電燈がともり、ガラス戸が開いて寝巻姿の中年の男と女が姿を現わした。少年とその夫婦の会話のやりとりで、夫婦が少年の訪れを迷惑がっているのが感じられ、私にむける眼も険しかった。恐らく少年の家は貧しく、夫婦は少年の親に好感を持っていないらしい、と思った。

私は、駅にもどりたかったが、少年は私をうながして布靴をぬぎ、私もそれにならって少年の後ろから階段をあがった。

少年は背のびして部屋の電燈をともし、部屋の隅に畳んでおかれた布団を敷き、私もそれにならった。

掛けぶとんの布地が異様であった。どぎついほどの赤い色をした布地で、しかも人絹のように光っている。枕は、両端に朱房のたれた箱枕であった。

「ここには女を置いていたのですが、下部温泉がすべて傷痍軍人の療養所に接収されてしまったので、くる客がいないのです。そのため宿屋をしているのです」

少年は、世なれた口調で言った。

派手なふとんと箱枕で、私はこの家が娼家であるのを知った。少年が横になり、私もふとんに入った。箱枕であることが落着かなかったが、私はやがて眠りに落ちた。

翌朝、眼をさました私は、少年の姿が消えているのに狼狽した。かれが寝ていたふとんは畳まれて部屋の隅におかれ、その上に箱枕がのせられている。

私ははね起き、服を着てふとんを畳み、おずおずと階下におりた。

少年の叔父の妻が、背をむけて火鉢のかたわらに坐って煙草をすっていた。

おはようございます、と声をかけたが、女は振向こうともしない。

「宿賃はおいくらでしょうか」

私は、膝をついてたずねた。

女には思いがけない言葉であったらしく、振向くと私を見つめ、少し黙ってから、

「素泊りだと、普通は三円もらっているけれど」

と、言った。

私は、五円紙幣を女の前に置き、

「お世話になりました。釣り銭はいりません」

と言って頭をさげ、土間におかれた靴をはいた。

外に出た私は、駅の方へ歩いた。少年は律儀にも早朝に起き、恐らく始発の電車で清水にむかったのだろう、と思った。

後方から声がし、振向いて足をとめると、十八、九歳の女が近寄ってきた。

「おかみさんが朝ごはんを食べて行け、と言っているよ」

娘は着物をくずれたように着ていて、妙に光る眼をしていた。その気だるいよう

な顔と着物の着方に、娘が少し前まで客を取る生活をしていたのを感じた。

「結構です」

私は、頭をさげ、足をはやめて歩いていった。

遠い戦争末期の一人旅だが、私はその折のことを鮮明に記憶している。少年の首から守り札のおさめられた小さな袋が下がっていたこと、下部駅で少年の後から歩いた道に濃い霧が流れていたこと。宿屋の近くには渓流が流れていたらしく、水の音もしていた。

身延線の電車の中に乗っていた作業服姿の男たち、そして大工道具をたずさえていた少年。戦時中に悠長に一人旅をしているという後暗さが、今でも胸の底に澱のように残っている。

戦時中は、だれも重苦しく暗い時代だったと言われているが、私のように中学生の身でひそかに一人旅を楽しんでいた者もいたのだ。

やがてやってきた身延線の電車に乗った。

しばらくすると朝の陽光を浴びた富士山が見えてきた。壮大な山容を、私は窓ごしにながめていた。

進駐軍

敗戦は、私が十八歳の昭和二十年八月十五日。思いもかけぬことで呆然としたが、最も驚いたのは、それまで戦争遂行と戦意昂揚を唱えつづけていた新聞、ラジオ放送の論調が一変したことであった。日本の推し進めてきた戦争は罪悪そのものであり、日本国民を戦争に狩り立てた軍部の罪は断じて許しがたい、と。

その論調に戦時中、多分に軍部に協力していた節がある文化人と称する人たちが同調し、戦時中のことを全否定する文章をつづり、それが新聞、雑誌にさかんに発表された。私などは、戦争は自分をふくめた日本人すべてが勝利を念じて努力し継続していたものと思っていただけに、敗戦と同時に手のひらを返したようなそうした風潮に呆気にとられ、人間不信が胸の奥深く根を張った。

敗戦によって日本は、米軍占領下におかれた。

初めて占領軍を眼にしたのは、大型の軍用トラックの列であった。トラックは、例外なく昼間だというのに眼もくらむようなヘッドライトをまばゆく放ちながら疾走していた。なぜライトをつけていたのか。物資があり余るほど豊富であるのを戦いにやぶれた日本人に誇示しているのだという声があったが、私もたぶんそうなのだろう、と思った。

荷台に乗っている兵士たちは、一人残らず自動小銃を手にしていた。

町々には、武装した米兵を乗せたジープやトラックが走り、私たちは萎縮した眼でそれをながめていた。

夜、兄の工場の人たちと焼跡の中の夜道を自転車で進んでいった時、前方からヘッドライトを放ったジープが二台つらなって走ってきた。私たちは自転車を道の左端に寄せて無言で進んだ。私は、兵たちの手にした自動小銃から銃弾が発射されるのではないか、という恐怖を感じながら、ジープとすれちがった。いたずら半分に銃撃されても、やむを得ない世情であった。

ある日の午後、足立区梅田町の家を自転車で出た私は、西新井橋に通じる土手の上り傾斜の道で自転車からおりた。多くの人が足をとめていた。米軍の軍用トラックの列がとまっていて、通行不能になっていたのである。

私の左側に軍用トラックがとまっていて、幌つきの荷台に若い兵たちが笑い声をあげたりして乗っていた。

二十歳にもならぬような兵の眼と私の眼が合った。金髪の青い眼をした小柄な兵だった。

兵は笑っていたが、不意にその体が動き、手にした鉄兜が私の頭に打ちおろされた。兵たちのはじけるような笑い声を耳にしながら、私は自転車とともに土手の傾斜をころがり落ちた。

後になって知ったことだが、米軍の鉄兜は鉄製ではなく、軽金属の上を布と樹脂でかためたもので、そのため痛さはあったものの傷つくこともなく、土手の下でしばらく休んでからトラックの去った土手の道に自転車をひきずってもどった。敗戦国民の悲哀が胸にひろがっていた。

それから間もなく、工場の人六人と秋田県下に米の買い出しに行くため上野駅へ行った。

当時の上野駅の建物は現在と変りはなく、私たちは今でもある前方に改札口のある広いドームの中に入った。

その折のことは、思い起すだけでも身のふるえるような恐れを感じる。ドームには列車に乗ろうとする人々が息もつけぬほど充満していて、それが津波のように改札口にむかって動いてゆく。骨が折れるのではないかと思うほどの激しい圧力が体をしめつけ、前へ前へと押されてゆく。私の足先は、しばしばコンクリートの床からはなれ、体が浮いた。人々の体がかたく密着していたので倒れることはなかったのだろうが、もしも少しの空間でも出来て一人が倒れたら、雪崩のように体の上に体がのしかかり多数の人が圧死し、私も命を絶ったかも知れない。

そのうちに私の眼に、改札口の右方から武装した十人ほどの米兵が改札口にむかって走るのが見えた。かれらは改札口の木製の枠の上に足をふんばって立つと、ドームの天井にむかって一斉に自動小銃の銃口をむけ、発射した。それは空砲で、乾いた音が連続してドームにとどろいた。

その音に群衆の動きはしずまったが、それもほとんど一瞬のことで、またも私の体は後方から押されて前へ動いてゆく。その動きを制止するため連射の銃撃音がつづいた。

そんなことを繰返しているうちに、私はようやく改札口を抜けることができた。

すでに改札口附近に米兵の姿はなく、かれらは駅員控室のあたりに銃をかまえて並んでいた。

私は、若いかれらの顔が蒼白で、眼におびえの色がうかんでいるのを見た。銃撃音にもかかわらず押し寄せてくる群衆に、かれらも恐怖におそわれていたにちがいなかった。

その頃、米軍の移動はもっぱらジープとトラックで、戦時態勢のままであったのだろう。私たちは、かれらを進駐軍と呼んでいた。

或る日、私は、思いがけぬ情景を眼にした。

停止した軍用トラックから、米兵たちが笑いながらチョコレートやキャンディを投げている。道に落ちたそれらを子供たちが争うように拾っていたが、驚いたことに初老の男も子供たちにまじって拾っている。

食糧が枯渇し、人々は飢えにさらされていて、チョコレートやキャンディは長い間眼にしたこともない貴重品で、無心な子供が拾うのは仕方がないとしても、大の男が拾う姿は情無かった。たとえ国破れたりとは言え、敵として戦っていた米兵のばら撒くものを手にすべきではない、と思った。

私は、物悲しい気持になり、そうそうにその場をはなれた。

米兵が自動小銃を手にしなくなったのは、かれらが進駐してから半年ほど後であったと思う。軽装の軍服にＧＩ帽という帽子をかぶり、一部の者を除いて拳銃も身につけていなかった。神風特攻隊に象徴される、死を恐れぬ日本人に対する恐怖と警戒心がうすらいだ結果だったのだろう。

かれらの移動は、車だけではなく、歩いたり電車に乗るようにもなった。

都内を走る国鉄の電車は、空襲で多くが焼失していたので、車内はすさまじいほどの鮨詰め状態だった。

そのような電車に進駐軍の兵が乗るはずはなく、山手線、東北線の電車には、一輛だけ進駐軍専用車が連結されていた。どの車輛も超満員なのに、その車輛だけはガラ空きで、米兵がのんびりとホームを窓越しにながめたりしていた。しかし、その車輛からホームに降りた米兵たちが、前方から鳶職の半天をつけた老人が二人歩いてくるのを見て、おびえたように身を避けたのが可笑しかった。

電車だけではなく、列車も進駐軍専用のものが毎日走っていることも耳にした。

それは、上野・青森間を走る特急で、ヤンキー・リミテッド号とかいう列車名がつけられていたと記憶している。

その頃になると、進駐軍の兵たちが銀座などを連れ立って歩くようにもなった。印象的だったのは、かれらの臀部が軍服のズボンの布がはち切れそうに張っていることで、歩くたびにそれが盛り上るように右に左に動く。その臀部の豊かさに、かれらが栄養価の高い食物を日常ふんだんに摂取しているのを感じた。

現在、外国人の後ろ姿を見ても臀部になんの関心もいだかないが、当時は、私をふくむ日本人がおしなべて栄養失調で、体も痩せ細り、臀部の肉づきもきわめて薄かった。そうした体を見なれていただけに、進駐軍の兵たちの臀部が眼についたのだ。

不快なのは、かれらと手をにぎり合って歩いている若い日本の女たちだった。原色に近い色の派手な服を着、濃厚な化粧をして嬉々として兵たちにすがりついて歩いている。露地で大きな兵に抱きかかえられ、ハイヒールの爪先を立ててキスされている女もいた。肩をかかえられてジープに兵たちと笑い声をあげながら乗っている女もいたし、電車の進駐軍専用車に誇らしげに乗っている女もいた。

彼女たちはパンパンと俗称された街娼で、一人の将兵に独占されて部屋をあてがわれていた女は、オンリーと称されていた。彼女たちは将兵から衣服、食料品をもらっていて、豊かそうであった。

或る日、銀座で若い兵と手をにぎり合って歩いている若い女を見た時は、強い衝撃を受けた。それは、街娼とは異なった良家の子女らしい服装と化粧をした美しい娘だった。

私は、進駐軍の兵とともにいる女に同じ日本人として苛立ちと腹立たしさを感じた。少し前までは敵国人であった進駐軍の兵に肉体を売る女たちが許しがたく、卑劣にも思えた。代償は、兵たちがあたえる食料品、嗜好品などと言われ、同国人として恥しかった。

このような女性に対する憤りは、敗戦の衝撃が強く体にしみついていたからであった。それも時間の経過につれて徐々にうすらぎ、アメリカ軍の将兵と結婚した日本の女性の話を耳にしても、これと言った思いはしないようになった。

銀座四丁目の四ツ角には信号灯がなく、進駐軍の兵が交通整理をしていた。交叉点の中央に箱型の台が置かれ、その上に長身の兵が立っている。特別な練習を積んだらしく、片手を水平に伸ばし、もう一方の手を上方にあげて通行せよと手まねきするように動かす。次にはくるりと体をめぐらし、同じ動作を繰返す。踊りにも似たその動きは巧みで、それによって通行はとどこおることなくおこなわれていた。

私は、終戦後に、予備校に通っていたが、或る日、内山常治という英語の教師に教員室に呼ばれ、東京駅前の中央郵便局に行くようすすめられた。そこでは、すべての日本人の郵便物の検閲が米軍によっておこなわれていて、手紙類を英文にし、検閲している。報酬もよく軽食も出るので、予備校に通うかたわらその仕事をしたらどうか、という。

就業時間は自由だというし、内山先生のすすめでもあるので、東京駅前の中央郵便局に行った。現在と同じ建物で、側壁にTOKYO CENTRAL POST OFFICEという文字がつらなっていた。

願書を出し、二階の部屋で多くの応募者とともに第一次試験を受けた。問題は実際の手紙文で、簡単な内容であったため英作文はパスした。

それから面接があり、試験官は太った金髪の四十年輩の女性であった。その女性の前に列ができていて、私の前に並んでいた少し白髪のまじった男が彼女の前の椅子に坐り、その女性の妙な訛りのある日本語の質問に答えている。

男はブラジルに商社マンとして駐在していたと説明したが、試験官の質問は急に英語になり、男はその質問に流暢な英語で答えている。

これはだめだ、と思った。女性の口にする英語がわからず、男についで坐った私は、彼女の英語の質問に全く答えられず、それでも断片的な英語を口にすると、彼女は困ったように頰をゆるめ、肩をすくめて書類に不合格の青い判を押した。

当時、郵送される封書の下端は切り開かれていて、そこにシールが貼られてとざされていた。手紙類はすべて米軍が検閲していたのだが、私はその作業が中央郵便局でおこなわれているのを初めて知った。

敗戦と同時に、軍人、政治家たちが捕えられて、戦犯として極東軍事裁判が推し進められていた。その経過が新聞やラジオで報道されていたが、やがて判決が下される日が来て、私は、路上で道ぞいの家から流れ出るラジオ放送をきいた。

ウエッブという裁判官が、軍人、政治家の名についで「デス・バイ・ハンギング」と判決を告げ、アナウンサーが「絞首刑に処す」と訳す。

それを私の傍らできいていた初老の女性が、

「勝てば官軍、負ければ賊軍よ」

と、吐き捨てるように言って去っていった。

たとえ勝者とは言え、多くの都市を無差別爆撃し原子爆弾まで投下しながら、敗者である日本の戦争責任を一方的に追及して軍人、政治家を死刑に処すのは矛盾している、と思った。それが女性が口にした勝てば官軍、負ければ賊軍という、明治維新成立時の言葉になったのだが、私は、苛立ちをおぼえはしたが、怒りは胸に湧いてこず、私もその場をはなれた。

私は、ほとんど無気力だった。

ガード下

現在では考えられないことだが、私の母は九男一女をもうけ、私は八男である。戦前の幼児死亡率は二五パーセント以上と言われていたが、私が物心ついた頃には二人の兄はすでに亡く、四歳の夏には三歳上の姉も病死した。いずれも疫痢という幼児を襲う伝染病であった。

兄弟は七人になり、食事時には飯櫃の傍わらに家事をやってくれていた若い女性が坐り、私たちが出す茶碗に絶え間なく御飯をよそる。当時の靴下は木綿にかぎられていたので、すぐに穴があく。夜になると靴下の穴かがりをしていた母の姿が思い浮ぶ。

男ばかりの兄弟なので、母は子の名を忘れることもあって、兄に声をかけ、振りむくこともしないのに苛立って、

「そっちをむいている子」

と、甲高い声をあげたりした。

戦争がはじまり、両親の恐れは息子が戦場に行き生命を失うことであった。私は終戦の一週間ほど前に徴兵検査を受けただけで軍隊に入ることはなかったが、五人の兄のうち四人は徴兵され、四番目の兄は戦死した。父母の嘆きは甚しかった。

次兄のみが徴兵をまぬがれたが、その頃の検査基準はきびしく近視という理由で不合格となったのである。身長一七〇センチという当時としては長身で、筋肉質の逞しい体をした兄は、戦時下の東京ですごしていた。

その後、母についで父も病死し、戦争が終った頃には四人の兄と弟の六人になった。

二十年ほどは皆元気にすごしていたが、三番目の兄についで弟が病死し、さらに長兄も死亡して残りは次兄、七兄（妙な表現だが）と私の三人になった。

弟に先立たれた私は、十五歳上の次兄に、

「あの世にゆくのは、年齢順にお願いしますよ」

と電話で言うと、兄は、

「よくわかっていますよ。私は秩序を重んじる男ですから、御心配なく」

と、笑いをふくんだ声で答えたりしていた。

その次兄が、十五年前肺癌の疑いがあるということで癌研究会附属病院に精密検査をうけるため入院した。

私は、どこの主催であったか忘れたが、北海道の白老町に講演のためおもむいた。控室で会がはじまるのを待っている時、東京から電話がかかり、受話器を取ると、思いがけず中学時代の同級生であった木下巌君からであった。

かれの語る内容に、私は驚いた。かれは癌研究会附属病院の外科副部長（胸部主任）をしていて、兄の検査内容を見て兄に手術が適当と告げた。

「ところが、弟に相談してからお答えする、と言うんだよ。弟さんは医者ですか、とたずねると小説家だと言うんだ。医学の小説も多く書いているから、と言ってね。どういう名の小説家なんですときいたら、君じゃないか」

かれは笑い、

「頑固なお兄さんだね。初期癌だから手術をすれば必ずなおるんだ。君からも説得してくれよ」

と言って、電話を切った。

私は帰京し、兄に木下君の言葉を伝え、兄は木下君の執刀で手術をうけた。

おれにまかせろ、と言った木下君の言葉通り手術後の経過は順調で、八十歳を越えても車で北海道一周を試みたり、昨年は親族で米寿の祝いの旅行もしたりした。しかし、その頃から肺気腫の症状が顕著になって衰弱が目立ち、兄の家の近くの病院に入院した。

歳末は忙しく、正月五日に七兄と見舞いに行った。

ベッドに身を横たえた兄の姿に、これは長くは持たない、と思った。声がか細く、見舞いに来てくれたことが嬉しいらしく絶えず頰をゆるめ涙ぐんでいる。疲れてはいけないと思い、三十分ほどで病室を出た。

翌日朝、兄の長男から電話があった。車の中からの携帯電話であった。病院の医師が今日いっぱいは持たないと言うので、病院へむかっているという。

その日は自宅で新聞社のインタビューを受ける予定があって外出はできなかった。兄には妻と子供たちがいて、その見守る中で死を迎える方がいい、と自らを慰めた。

午後三時すぎ長男からの電話で兄の死を知った。静かな死であったという。

通夜は、兄の生れ育った日暮里町に近い町屋の火葬場附属の斎場でおこなわれることになり、私は妻と日暮里駅前からタクシーに乗った。

車が三河島の常磐線ガード下に入った時、右手の歩道に眼をむけた私に突然一つの記憶がよみがえった。その歩道に、次兄と並んで身を横たえていた折のことが思い起されたのだ。

終戦の年の四月十三日夜、私の住んでいた日暮里町はB29の大編隊による焼夷攻撃で焼尽した。

初めの頃は、路上に出て夜空をサーチライトの光芒にとらえられて動いてゆく爆撃機の姿をながめていた。

庭にもどった私は、突然裏の家の窓ガラスが明るくなり、人があわただしく動きまわる影を見た。投下音は全くしなかったが、焼夷弾が落ちたことを知った私は、徐々に炎がひろがるのを眼にし、自分の家にも火が移るのを感じた。

その家は日暮里駅に近く、両親が隠居所として建てたもので、私と中学四年生の弟が住んでいた。その夜、弟は勤労動員先の板橋の造兵廠に夜間勤務し、私一人だけであった。

避難先は駅を越えた高台にひろがる谷中墓地ときめていたので、私は門を出た。その時、次兄が兄の経営する工場に勤めている清水さんという工員とともに走ってきた。いずれも鳶口を肩にしていた。

「五丁目の家も工場も焼けた」

兄は口早やに言うと、なにかを運び出そうとしたらしく、清水さんと家の中に走り込んだ。五丁目には兄の家と工場があった。

私は、夜を墓地ですごし、翌日広大な焼跡となった町に降りて行った。人々は焼けた家の跡を鳶口などでさらい、私もそれにならった。しかし、すさまじい高熱にさらされて薬缶や鍋は熔け、目ぼしいものはなにもなかった。

次兄が午後になって姿を見せた。げっそりと頰がこけ、それでも鳶口で瓦を取りのぞいて、その下から現われるものを探っていた。

日が傾き、私は兄と焼跡をはなれ、疎開先ときめていた足立区梅田町の家に足をむけたが、途中、三河島駅前のガード下まで来た時には歩く力もなくなった。

兄が無言で歩道に腰を落して仰向けに横たわり、私もそれにならった。背にふれる歩道の感触は固かったが、私をしっかりと支えてくれているようなおだやかさがあって、安らいだ気分になった。

顔の横を歩く人の足がすぎる。私と兄は、そのまま三、四時間熟睡した。

タクシーの中から見える歩道は、私が体を横たえた歩道そのままであった。共に仰向けに寝た兄はこの地上から消え、私だけになった。

私は、車の後部の窓から遠くなってゆく歩道を見つめていた。

父の納骨

終戦の年の三月、私は旧制中学校（五年制）を卒業したが、上級学校へ進学することはできなかった。五年生になってから勤労動員で軍需工場で働いていたが、肺結核が再発して授業（勤務）日数の五分の三は欠勤していた。

その年の上級学校への進学の合、不合格は内申書によるもので、長期欠勤の私のそれは最低で、どの学校からも入学許可の通知はこなかった。四月中旬には家も夜間空襲で焼失したので、私は千葉県浦安町で木造船所を経営していた兄のもとに行って、少年工とともに働いた。

終戦を迎え、海軍の管理下にあった造船所は休業状態となり、私は父が疎開していた足立区の元綿糸紡績工場に附随した家に行った。

父は、秋風が立ちはじめた頃から病臥するようになった。頭部に瘤状のものができ、体がひどくだるいようだった。

私はなすこともなく過していたが、夜、前田多門という文部大臣のラジオ放送があり、それをきいているうちに涙があふれた。「学徒よ、学窓にもどれ」という題であったと記憶しているが、戦争も終ったのだから学徒は学業を受けるために学校にもどれといった内容であった。

父は、私にとって会話を交すこともできない恐しい存在であったが、私はふとんに横たわっている父のもとに行き、正座して手をついた。友人が御茶ノ水に開校した予備校に行っていることをきいていたので、私は父に予備校へ通わせて欲しい、と言った。

当時は餓死者を眼にするような食糧の枯渇時代で、社会の混乱は甚しく、そのような中で予備校に通うことなど悠長きわまりないことであった。父は私の申出に激怒し、私をきびしく叱りつけると思った。

しかし、父はいつになくおだやかな眼をして、

「そうか、学校に行きたいか。いいだろう、行け」

と、言った。

私は深く頭をさげ、再び涙を流した。

翌日から私は、御茶ノ水駅近くの焼け残った木造二階建の予備校に通いはじめた。

荒川放水路に架った千住新橋の袂から出ている超満員の都電に乗り、上野駅まで行く。線路の両側には果しなく焼跡がつづき、上野駅周辺には浮浪者がむらがり、蓆をかけられた餓死体もあった。そこから電車で御茶ノ水駅まで行ったが、予備校の生徒は十数人で、日を追って少しずつふえていった。

十二月に入って、父は入院することになり、私たちは長いリヤカーに身を横たえた父を根津の日本医科大学附属病院に運んだ。診断の結果、父が癌におかされていることがあきらかになった。

その年の暮れに、父は死んだ。

柩に父の遺体をおさめ、長いリヤカーにのせて一面に焼跡のひろがる道を火葬場に運んだ。

骨壺を静岡県下の菩提寺に納めようとしたが、これが容易なことではなかった。四人の兄とその家族、私と弟に親戚の者たちも加えると十数人になる。当時、列車の車輛の多くは空襲で焼失していて、乗るのは至難であった。

兄たちは話し合い、トラックを購入してそれで菩提寺にむかうことになった。どこで、どのような方法で入手したのか、終戦前に陸軍の軍用トラックとして作った日産の新しい角ばったトラックを、ガソリンの入ったドラム缶一本とともに探し出してきた。兄たちは三十代で、行動力があった。

運転はだれがするか。次兄の経営する工場に勤めているKという人がいた。Kさんは、以前トラックの運転手をしていて、恰好だと思ったのだが、なにか重大な交通違反をしていて免許証を取り上げられたままだという。

困惑した兄たちは、従兄に運転するよう求めた。従兄が小型車のダットサンを運転していたことを知っていたからだが、従兄はトラックを運転する自信はなく、それに免許証も今では所持していないという。

無謀きわまりないことではあったが、兄たちは説得し、それに折れて従兄が運転を承諾した。念のためKさんも一緒に行ってもらうことになった。

荷台に鉄枠が組まれて幌がかけられ、私たちはその中に入った。寝具が運び込まれ、食料として乾パンの袋ものせられた。

途中、警官に無免許運転をさとられぬよう夜になって出発した。

道路の路面は荒れに荒れていて、トラックは絶えず上下にゆれながら走りつづけた。運転台には従兄がつき、その横にKさんと父の遺骨を手にした次兄が並んで坐っていた。

私はいつの間にかふとんに身を横たえて眠っていたが、突然、嬌声と眩ゆい光に眼をさました。トラックはとまっていた。

幌のすき間からのぞくと、多くの米兵と日本の女の姿が見え、酒が入っているのかかれらは陽気な声をあげ笑ったりしている。米兵はいずれも女を抱き、キスしている者も多い。どこかの米軍基地の傍らであったのだろう、眩ゆい電光が放たれていた。

道に迷ってそのような所に入り込んでしまったらしく、従兄はトラックをゆっくりとバックさせて反転した。物珍らしげに集ってきた米兵たちが荒々しい行動をとるのではないか、と私は恐怖を感じ、親戚の者たちも顔を青ざめさせていた。

従兄は、東海道に出ようとしてトラックを進ませたが、道の左側に赤い灯をともした交番があって、その前に警官が立っているのが見えた。

警官が手をあげ、トラックはとまった。私は血のひくようなおびえを感じた。無免許運転であることが発覚すれば、従兄も兄も警察署に連行され、納骨の旅どころではなくなる。

窓ガラスをあけた次兄が、

「道に迷ったのですが、この道は東海道に出られるのでしょうか」

と、近寄った警官にたずねた。

「出られるが、どこへ行くんだね」

警官の問いに、次兄は膝の上に置いた遺骨をしめした。

「御遺骨ですか」

警官があらたまった口調で言い、次兄は納骨のため寺へむかうところです、と答えた。

私は、遺骨が思わぬ効果をあげたことを知った。警官はさらに詳しく道順を教えてくれて、

「気をつけて……」

と言って、交番の中にもどっていった。

トラックが動き出し、従兄も兄も、生きた心地はしなかった、としきりに言い合った。

東海道に出て、トラックは走ったが、エンジンが不調になって停止した。Kさん

がエンジンを調べて応急手当をし、幸いにもトラックのエンジンがかかった。

トラックが箱根にさしかかり、そこからはKさんの出番であった。激しくくねる道を、Kさんは巧みに運転し、やがて峠を越えた。

しかし、またもエンストを起し、沼津の町の修理工場にトラックを託して、私たちは沼津駅から超満員の列車に乗って寺のある村にたどりついた。夕方五時頃で、東京を出てから二十時間が経過していた。

私たちは寺に行ってそうそうに納骨し、やがてやってきたトラックに乗って東京に引返した。トラックは快調で、夜の東海道を走った。

全く奇妙な旅であった。

第一、父の納骨のためトラックを購入しようとした兄たちの気持が、不思議である。たしかに列車に乗るためには、切符制限があってそれを手にするには、長時間、長い列に並んでようやく買うことができた。寺に行く人数は多く、その枚数の切符を確保することがほとんど不可能なのでトラックで、と思ったのだろう。

八十八歳になった兄にトラック購入のことについて電話できいてみると、よく記憶していて、新聞にトラック求むの広告を出すと、すぐに反応があったという。或る自動車修理工場に陸軍からあずけられたトラック五台があって、だれも引取る気配はないので工場主は売り払うことにした。価格は十二万円であったが、一万円ほど安くゆずってくれたのだという。

そのトラックは、納骨の旅をした後、数年間は荷の運搬用に使い、重宝した、と兄は言った。

無免許で従兄とKさんが、東京・静岡間の往復を運転したということも信じがたい。兄の話によると、箱根越えをした時、崖下にトラックが転落していて、積荷の蜜柑が散乱していたのが印象的だったという。

「初めから箱根越えはKさんにきめていたが、かれの運転は本当にうまかった」

兄は、感嘆したように言った。

すべてが奇妙であったが、それを奇妙とも感じぬ時代であった。不可思議な時代をくぐりぬけてきたものだとあらためて思う。

従兄は十年ほど前に病死し、Kさんの消息はわからない。

父の遺骨は、菩提寺の墓の下におさめられている。

私の「戦争」年譜

昭和十六年（一九四一年）　十四歳

私の「戦争」は、この年の八月十日に二十三歳であった六兄敬吾が中国戦線で戦死したことからはじまった。

速達郵便で送られてきた公報には、

「中支那河南省信陽県沈陽台（平昌関西北十二粁）の地点に於て渡河作戦に従事中飛弾により右胸部貫通銃創により戦死　特に二階級特進し　兵長に任ず」

と、記されていた。

この戦死については、新聞にも報道され、部隊の渡河に先んじて土屋という曹長とともに軽機関銃手であった兄が、川を渡って対岸にとりついて掃射している折に被弾し戦死したことを知った。決死隊に準ずる行為で、その功によって二階級特進とされたのである。

兄は近視で、華奢な体つきの柔和な表情をした優しい人であった。

その年の十二月八日、大東亜戦争が勃発した。中学二年生であった私は、朝、登校途中、道ぞいの家々から流れる軍艦マーチの旋律と大本営発表を伝える報道部員の甲高い声を聞いた。町は沸き立っているような感じであった。

翌日、兄の遺骨が帰還した。骨壺におさめられた骨には小石がこびりついていて、遺体が野外で焼かれたことをしめしていた。遺品の眼鏡の弦が失われていて、代りに輪ゴムの連結されたものがつけられていた。

それから十日後、私のすぐ上の兄健造に召集令状が来て、中国戦線に出征した。

昭和十七年（一九四二年）　十五歳

四月十八日、物干台で凧をあげている時、東京初空襲の米軍機ノースアメリカンB25一機を目撃。風防に見えた二人の飛行士の首に巻いたオレンジ色のマフラーが印象的であった。

中学生が映画館に入るのは好ましくないとされていたが、私は制服制帽をぬいでさかんに映画を観てまわった。しかし、アメリカ映画の上映は開戦直後から禁止されていて、代りにドイツ映画が上映されたりしていた。日本の映画も軍国調のものが多くなりはしたものの、いい作品もかなりあった。

この頃から芝居見物や寄席通いをはじめた。

八月七日、太平洋上の戦闘が激化、米軍がガダルカナル島に上陸して反攻が開始され、なんとなく将来の戦局に不安を感じ、重苦しい気分になった。

九月には、ズボンにゲートルを巻き、三八式歩兵銃を手に富士山麓で野営と称する初めての教練に参加した。兵舎は、馬小屋を改造した建物であった。

昭和十八年（一九四三年）　十六歳

二月、ガダルカナルでの戦闘に日本軍が敗退し、ついで四月十八日には連合艦隊司令長官山本五十六大将が戦死して沈鬱な空気がひろがった。中学の先輩である山口多聞海軍中将が、ミッドウェイ海戦で空母「飛龍」と運命を共にし、その賛仰会に四年、五年生の代表が出席した。

食料品その他の配給制が実施され、生活が日増しに困窮化した。

開戦直後、肺結核の初期である肋膜炎となり、一応健康を取りもどしていたが、この年の夏頃から微熱がつづくようになり、二十九日間病気欠席した。

この年、学徒勤労動員令により、隅田川ぞいの日本毛皮革工場に勤務するようになった。

昭和十九年（一九四四年）　十七歳

太平洋上の島々の日本守備隊の玉砕が相つぐ。玉砕とは全滅のことで、戦況は極度に悪化。六月には米軍がサイパン島に上陸し、七月には同島守備隊の玉砕が報じられた。

食料品の配給がとどこおりがちになり、米の代りに澱粉、とうもろこし、果ては馬の飼料とされた豆粕まで配給されるようになった。

四月下旬から微熱で体がだるく、工場に行く途中で家に引返し身を横たえることも多くなった。五月上旬、作業中に高熱と激しい胸痛におそわれ、身をかがめて帰宅し、病臥した。肋膜炎より一歩進んだ肺浸潤と診断された。

八月四日、子宮癌で三年間病臥していた母が死去。五十三歳であった。

病床に臥すことが多く、唯一とも言っていい楽しみはラジオで放送される徳川夢声氏の吉川英治作『宮本武蔵』の朗読であった。燈火管制下の暗い部屋で、ラジオから流れ出る夢声氏の声は、静かではあったが迫力にみちていた。

十一月二十四日、東京にアメリカ爆撃機の編隊が来襲し、空襲警報のサイレンが鳴り渡ったが、私の住む日暮里町からは機影を眼にすることはできなかった。

その頃から警戒警報、空襲警報のサイレンが連日のように吹鳴されるようになった。

昭和二十年（一九四五年）　十八歳

一月一日、大晦日の夜に空襲警報が発令されたが警戒警報が解除され、午前零時近くに町の氏神である諏方神社に足をむけた。深夜、初詣でをしたことなどなかったが、なぜか今回だけはという突きつめたような思いで朴歯の下駄をはき黒いマントを羽織って家を出た。町は濃い闇につつまれ、静寂がひろがっていたが、しばらく行くと露地から夫婦らしい男女が現われ、そのうちに人の姿が少しずつ増し、それらが神社のある高台の道をのぼってゆく。

境内にはかなりの人の姿があり、私は社殿で拝礼した。声を発する人はなく、柏手を打つ音がきこえるだけであった。

空襲が本格化し、青く澄んだ空を背景にB29の大編隊が飛行機雲を長々と曳いて町の上空を過ぎた。戦闘機が体当りし、B29から黒煙が湧いて徐々に高度をさげて遠去かっていったりした。町にも爆弾が投下され、私は道の端に作られた簡易防空壕の中に入って突っ伏した。生きた心地はなく、町からはなれ農村地帯にでものがれたかった。

やがてB29の編隊はもっぱら夜間に来襲するようになり、焼夷弾による火災で町々が焼きはらわれるようになった。私は、制服を着たままふとんに入り、空襲警報のサイレンで飛び起き、夜空を行く爆撃機を見上げていた。

三月十日は下町一帯が焼き払われ、二日後、私は兄と工場の人とともに自転車で深川方面に行った。父には待合の女将をしていた愛人がいて、その家に行ったまま帰ってきていなかった。多くの死者が出たという話が伝ってきていたので、父の姿を求めて出掛けたのである。

幸い父は、彼女の親戚の家に避難していて、家にもどってきたが、火に追われて逃げる途中、煙で眼を痛め、しばらくの間硼酸水で眼を洗っていた。

三月は卒業期で、過去一年間の病気欠席が授業（出勤）日数二百四十一日中百三十二日にも及んでいたため、落第が決定していた。しかし、戦時特例で一年下級の四年生が繰上げ卒業となったので卒業することができた。上級学校への進学は内申書の内容で合否がきめられていて、私の内申書は審査の対象にならなかったらしく、いくつかの学校に提出したが、いずれも不合格であった。

四月十三日、日暮里の町に大量の焼夷弾が投下され、家も焼けた。記録によると来襲したB29は三百三十機で、広範囲に焼夷弾二〇三七・七トンを投下したという。私は、父、兄、弟とともに足立区梅田町にある元紡績工場の家、寄宿舎に移り住んだ。

長兄が紡績工場を閉鎖後、江戸川河口の浦安町で海軍監理の木造船所を経営していたので、そこに行き、少年工とともに労働に従事した。

八月上旬、焼跡の中に外壁のみ残った第二日暮里国民学校で徴兵検査を受ける。結核の既往症があったが、第一乙種合格となった。

八月六日、広島に新型爆弾（原子爆弾）の投下があり、九日に長崎にも投下された。

それから二日か三日たった頃、長兄にひそかに呼ばれ、絶対に他言してはならぬと言われ、戦争が終るらしいと告げられた。三兄の妻の実兄は参謀本部付の暗号班に所属した陸軍大尉で、夜、三兄のもとに訪れてきて去ったという。妹に別れのために来たことは確実で、それは敗戦を意味しているのだという。

「絶対に人に話すな」

長兄の顔は、いつになく険しかった。

後に義兄がもらしたが、敗戦の決定で自決することをきめたが、上官から思いとどまるよう強く説得され、それに従ったという。

八月十五日正午、浦安町の路上で元クリーニング店から流れる天皇陛下の終戦を告げるラジオ放送をきく。

十一月、父は癌のため根津の日本医科大学附属病院に入院、十二月二十三日に死去。臨終に兄たちは間に合わず、私と父の愛人が見守った。

昭和二十一年（一九四六年）　十九歳

一月、兄健造、復員。

あとがき

戦争は六十年近い過去のものとなったが、きらびやかに彩られた茜色の空のように私の胸に残っている。その色が年を追うにつれて濃さを増し、それならばという思いで筆をとった。

不思議なことに次から次へと記憶がよみがえり、私はそのゆるやかな記憶の波に筆をまかせながらゆったりと筆を進ませた。筆が自由に動いてゆくような気分であった。頭の中には、あの奇異な時代の東京の町々の情景、人の姿が廻り燈籠の絵のように浮び上ってくる。

毎月、十数枚ずつ書いたが、連載した「ちくま」という小雑誌がこの回想記に最もふさわしい器であったように思う。毎回、大村一彦氏が絵を添えてくれ、これも私の気持をなごませてくれた。

戦争を知らぬ担当編集者の松田哲夫氏、中川美智子さんが、「そんなことがあったのですか」と私の記述に驚くのが興味深く、励みにもなった。
筑摩書房から私の書いたものが単行本になるのは、小説『破船』以来、十九年ぶりだときいて驚いている。

平成十三年初夏

吉村　昭

解説　大空襲と花月劇場と

小林信彦

昔の夢を見ることが多くなった。

昔——といっても、戦前、戦時のことである。戦時中といっても、現在が混ざっているのだが、驚くほど生々しいことがある。吉村昭氏の『東京の戦争』を読みかえした翌朝もそうであった。

この本を読む読者は、まず巻末の「私の『戦争』年譜」から始めるとよいのではないかと思う。

まず〈大東亜戦争〉下の庶民生活、特に四月十八日の東京初空襲から始まるこの回想記には、感傷というものがほとんどない。ざくざく、と書いてゆくので、無用な説明もない。

四月十八日、三月十日という風に書いてあっても、ぼくは前者が昭和十七年、後者が昭和二十年であることが、瞬時にわかる。著者は敗戦の年が十八歳であり、ぼくは十二歳で六つ下であるが、体験したことだから、わかるのが当然である。

しかし、多くの読者はそうではなく、つまりは若いだろうから、「年譜」に目を通して、「吉村昭にとっての戦争」がどういうものかを頭に入れておいた方がいい。「年譜」といっても、実感的に書かれているから、充分に興味深く読める。

なぜ、そうした方がよいかといえば、回想記だから記述が横に流れたり、さかのぼったりする。四月十八日の空襲の話も、いろいろあってから「背中の勲章」という小説とそのモデルの現在に辿りつく。

吉村氏は東京の荒川区東日暮里（現在）に生まれ、昭和二十年四月十三日の爆撃（B29三百三十機）で家を焼かれ、足立区梅田町に移り住む。空襲の描写はきわめて簡潔であり、それよりも四月十三日より前に抱いていた〈一日も早く家が空襲で焼けて欲しい〉という気持の方が、ぼくには珍しい。

〈私は空襲にさらされた町から逃げ出し、他の地へ移りたかった。が、自分の住む家屋というものが私をかたくしばりつけ、それから解放されるのは家が焼けて

くれる以外になかった。〉

だから、四月十三日夜の空襲によって〈……私の願いはかなえられ……〉ということになる。そこに至る屈折した想いは、ぼくにはなかなか理解しがたい。東京空襲の記録の本を何十年も集めているが、猛火との戦いの記述はあっても、こういう醒めたものはない。

そこで役に立つのが「年譜」である。

「年譜」は二十三歳のお兄さん（六兄）の戦死に始まり、母の死、父の死と続く。著者も肺浸潤である。開戦（昭和十六年）から敗戦（昭和二十年）の間だけで、死の色がかくも濃く、人々は死ぬためにうごめいているかのようである。やや複雑な家庭の事情のせいもあるかもしれない。ひやりとしたこの感触が、氏の回想記に深みをあたえているといっても、失礼ではないだろう。

敗戦前後の悲惨な電車の状態、座席のシートを切りとって靴みがきに使ったことなど、想いおこすことが多い。ただ、ぼくは中一だったから、〈そういうもの〉という風に自然に受けとめていた。よくいえば無邪気、悪くいえば「戦争を知らない」と後に戦中派の人に叱られたのである。

この回想記の中で、明るい部分は「ひそかな楽しみ」の章であり、ぼくはとても楽しかった。吉村氏は映画通、寄席通としてひそかに囁かれており、色川武大氏が健在だったころ、お二人に若い（？）ぼくを加えて、戦前の映画を語る企画を立てていた編集者がいた。

この章を読むと、当時の中学生は〈保護者同伴〉でなければ映画館に入れないという指導があったようである。

吉村少年は制服、制帽をぬいで、映画館や上野の寄席「鈴本」に向った。そこにどういう落語家がいたかは詳しく書いてある。木製の箱枕が置いてある昼席の風景も、ぼくは親からの話でしか知らない。五つか六つちがうだけでそういうものかと言われれば、「そういうもの」と答えるしかない。

芝居のことも詳しいが、当時、〈築地小劇場の新劇〉が存在していたことにも驚かされる。劇は〈新劇の団十郎〉こと丸山定夫演じる「無法松の一生」（「富島松五郎伝」）であった。

映画・軽演劇になると、自宅に近い浅草六区の劇場ひとつひとつに触れ、花月劇場での森川信の〈体がふるえるような可笑しみ〉が描写されている。坂口安吾が

〈モッちゃん〉こと森川信を絶賛しているが、そのあとぐらいの時期であろう。森川信はあまりの人気の高さに丸の内に進出したが、〈妙に取り澄していて森川本来の姿はなく〉、後年の寅さんシリーズの映画での森川は〈浅草の森川とは別人のようであった〉と一刀両断である。喜劇人を語る時はかくあるべし。花月については、川田義雄、益田喜頓、芝利英、坊屋三郎の四人の時代の〈あきれたぼーいず〉が活写されており、きわめて短期間だった四人組に触れた珍しい文章である。

同じ花月の舞台では、柳家三亀松が〈絶妙な芸をみせていた〉と珍しくほめられている。

吉村氏はその六区についても、三月十日の空襲で〈全く無人〉になった光景を付記せずにはいられない。

敗戦前後の東京を語った本は多いが、『東京の戦争』は第一級の回想文学として読まれるべきだと思う。

この作品は筑摩書房より二〇〇一年七月に刊行された。

ちくま文庫

東京《とうきょう》の戦争《せんそう》

二〇〇五年六月十日　第一刷発行
二〇〇六年九月二十日　第二刷発行

著者　吉村昭（よしむら・あきら）
発行者　菊池明郎
発行所　株式会社　筑摩書房
東京都台東区蔵前二―五―三　〒一一一―八七五五
振替〇〇一六〇―八―四一二三
装幀者　安野光雅
印刷所　明和印刷株式会社
製本所　株式会社積信堂

乱丁・落丁本の場合は、左記宛に御送付下さい。
送料小社負担でお取り替えいたします。
ご注文・お問い合わせも左記へお願いします。
筑摩書房サービスセンター
埼玉県さいたま市北区櫛引町二―六〇四　〒三三一―八五〇七
電話番号　〇四八―六五一―〇〇五三

ISBN4-480-42096-7 C0195